Norwegen entdecken

Dein Reiseführer mit
Insidertipps

Atemberaubende Fjorde, idyllische
Städte und unberührte Natur auch
abseits der Touristenpfade
erleben

Ann Sønndag

Ann Sønndag

NORWEGEN entdecken

Dein Reiseführer mit **INSIDERTIPPS**

Impressum

Deutschsprachige Erstausgabe Mai 2024

Peter Schmohl Straße 3, 09599 Freiberg

Covergestaltung und Satz: Wolkenart - Marie-Katharina Becker, www.wolkenart.com

2. Auflage
ISBN: 9798266811126

Inhalt

▼ Die Stadt Trondheim im Frühling.

Glückwunsch zu Deinem neuen Reiseführer!

Sicherlich bist Du schon gespannt auf Deinen Norwegen Urlaub! Damit Du schon jetzt einen kleinen Vorgeschmack auf Norwegen bekommst, ist der Reiseführer in der „Du – Form" geschrieben, so wie es auch auf Norwegisch üblich ist.

Dieser Reiseführer ist in fünf Kapitel unterteilt. Im ersten Kapitel lernst Du Norwegen und seine Eigenheiten kennen, ein wenig Urlaubswissen und Vokabeln bekommst Du natürlich auch. Die darauffolgenden Kapitel enthalten die vier Jahreszeiten (årstider), mit jeweils vier verschiedenen Routen. Damit Du Dich im Buch schnell zurechtfindest, sind die Jahreszeiten immer gleich aufgebaut, und übersichtlich gestaltet.

Bitte habe Verständnis, dass Du keine Preisangaben für Unterkünfte und Restaurants finden wirst. Das liegt daran, dass jede Person einen Preis individuell empfindet, und unterschiedliche Vorstellungen von der perfekten Unterkunft hat. Somit ist dieser Reiseführer sowohl für allein Reisende als auch für Familien und Freunde geeignet.

Im Buch wirst Du auch immer wieder auf „QR Codes" stoßen. Diese scannst Du ganz einfach mit Deiner Smartphone-Kamera ein und schon bist Du auf der entsprechenden Internetseite oder Route.

QR CODE ANLEITUNG

1. Smartphone Kamera öffnen
2. Kamera auf den QR Code halten
3. Auf den Link klicken, welcher auf Deinem Smartphone anzeigt wird

Norwegen wartet auf dich!

Norwegen ist ein faszinierendes Land, das Individualreisenden, die das Abenteuer in der Natur suchen, viel zu bieten hat. Zwischen Fjell, Meer und türkisfarbenen Fjorden, grünen und blühenden Wiesen, felsigen Küstenabschnitten, wilden Gletschern und schneebedeckten Bergen erlebst Du hoch im Norden eine einmalige Landschaft. Auf ausgedehnten Touren begegnest Du unter Umständen tagelang keiner Menschenseele. Doch wenn Du Lust auf geselliges Beisammensein hast oder kulturelle Highlights suchst, kommst Du im skandinavischen Königreich auf Deine Kosten. Malerische Ortschaften an der Küste mit dem Flair vergangener Zeiten laden zum Verweilen ein. Auch norwegische Städte und die quirlige hochmoderne Metropole Oslo mit ihren weltberühmten Museen, Szenekneipen und Gourmettempeln wirst Du mit diesem Reiseführer erleben.

Sicher und unabhängig zu reisen ist in Norwegen problemlos möglich. Entlang gut ausgebauter Wanderwege bieten sich einfache Holzhütten sowie historische Holzhäuser mit Bed & Breakfast für Übernachtungen an. Wer Luxus liebt, findet ebenfalls ein geeignetes Quartier, etwa in einem edlen Hotel mit Blick über einen der atemberaubenden Fjorde. Norwegen ist nicht zuletzt auch ein Land der Kontraste, in dem Vergangenheit und Zukunft ein harmonisches Bündnis eingehen. Der Charme der Wikinger trifft auf moderne Architektur und Kunst, alte Geschichte auf Hochkultur. Die abwechslungsreiche und endlose Natur ist dabei vom Fortschritt weitgehend unberührt geblieben. Gewiss wird so manches Rentier oder ein Elch Deinen Weg kreuzen.

Mit diesem Reiseführer kannst Du das weite und reiche Land auf eigene Faust entdecken. Norwegen ist zu jeder Jahreszeit eine Reise wert. In diesem Reiseführer findest Du Routen für das ganze Jahr, angefangen im Sommer hin zu winterlichen Wanderungen unter den Polarlichtern. Norwegen hat für jeden etwas zu bieten, egal ob Globetrotter, Pauschalreisender oder Camping Liebhaber. Unterkünfte und Verpflegung gibt es für große und kleine Budgets. Berge, Wasser, Gletscher und Fjorde sind bereit, entdeckt zu werden. Tauche ein in ein Land mit freundlichen Menschen und spannender Geschichte. Wer einmal hier war, kommt wieder. Städtetrips, Insider Routen und Natur Routen entführen Dich zu jeder Jahreszeit in das norwegische Königreich.

▼ Der Lysefjord unterhalb des Preikestolen

Gut zu wissen
Landesfakten zu Norwegen

Norwegen erstreckt sich über den nördlichen und westlichen Teil der skandinavischen Halbinsel. Zum Königreich gehört zudem die Inselgruppe Spitzbergen und die Insel Jan Mayen mit dem schneebedeckten Beerenberg im Arktischen Ozean. Sowohl Spitzbergen als auch die Insel sind gesonderte Reiseziele. Das Land grenzt im Nordosten an Finnland und Russland und im Osten an Schweden. Norwegen hat etwas über 5,5 Millionen Einwohner auf einer Fläche von rund 385. 000 Quadratkilometern. Die bevölkerungsreichste Stadt ist die Hauptstadt Oslo mit über 700.000 Bewohnern. Neben Norwegisch werden in Norwegen auch samische und weitere Minderheitensprachen gesprochen. Mit Englisch kommst Du in Norwegen gut zurecht, aber ein paar Urlaubsvokabeln können nicht schaden und erfreuen die Einheimischen.

Mit diesen Vokabeln kannst Du die Einheimischen beeindrucken:

Hallo	*Hei!*
Guten Morgen	*God morgen!*
Guten Tag	*God dag!*
Guten Abend	*God aften!*
Gute Nacht	*God kveld!*
Ja	*ja*
Nein	*nei*
vielleicht	*kanskje*
OK	*OK*
Danke!	*Takk!*
Bitte! (gern geschehen)	*Vær så snill! / Vennligst ...*
Entschuldigung, ...	*Unnskyld, ...*
Tschüss (informell)	*Hade!*
Auf Wiedersehen (formell)	*På gjensyn!*
Ich spreche kein Norwegisch.	*Jeg snakker ikke norsk.*
Das verstehe ich nicht.	*Det forstår jeg ikke.*
Sprechen Sie ...?	*Snakker du ...?*
Spricht hier jemand ...?	*Snakker noen her ... ?*
Englisch	*engelsk*
Bitte schreiben Sie das auf.	*Kan du skrive det ned?*
Können Sie das bitte wiederholen?	*Kan du gjenta det?*

Die Wikinger und die norwegische Geschichte

Bis zum 9. Jahrhundert bestand Norwegen aus zahlreichen Kleinkönigtümern, die durch Handel mit England und dem Frankenreich sowie durch Kriegszüge zu Wohlstand gekommen waren. In dieser Zeit war Norwegen auch Ausgangspunkt der legendären Fahrten der Wikinger, die auch als Northmanni, Rus und Waräger bezeichnet werden. Sie unternahmen gefürchtete Plünderungszüge durch ganz Europa und beherrschten die Handelswege. Ihre wichtigsten Handelsplätze waren Haithabu im heutigen Schleswig-Holstein und Birka, das heute auf schwedischem Staatsgebiet liegt. Ein Besuch in das Wikinger Museum Haithabu kann durchaus eine gelungene Einstimmung für Deinen Norwegenurlaub sein. Die Wikinger waren hervorragende Schmiede, Schiffbauer und Segler.

Heute geht man davon aus, dass sie schon etwa 470 Jahre vor Christoph Kolumbus Amerika entdeckt haben. Als Entdecker gilt der Isländer Leif Erikson mit dem Beinamen „Der Glückliche“. Ein berühmter norwegischer Wikinger war Erik der Rote, der Grönland entdeckt und dort eine erste skandinavische Siedlung gegründet hat.

Die Geschichte Norwegens gestaltete sich weiterhin sehr wechselhaft und kriegerisch. Um die Jahrtausendwende setzte die Christianisierung mithilfe englischer Missionare ein und Harald der Strenge wurde im Jahr 1047 erstmals als Alleinkönig anerkannt. Norwegen war jedoch weiterhin von heftigen Auseinandersetzungen zwischen geistlichen und weltlichen Kräften geprägt. Zahlreiche Könige lösten einander ab. Es kam zeitweise zu einer dynastischen Verbindung zwischen Norwegen und Schweden und zu einer dänisch-norwegischen Union. In seinen heutigen Grenzen existiert Norwegen seit der Neuzeit im 17. Jahrhundert. Handwerk und Handel blühten damals auf.

Im späten 19. Jahrhundert setzten sich in Norwegen der Parlamentarismus und das Wahlrecht für Männer durch. Norwegen strebte in den beiden Weltkriegen des 20. Jahrhunderts Neutralität an, die aber durch den Einmarsch der deutschen Truppen im Zweiten Weltkrieg zunichtegemacht wurde. Heute ist Norwegen ein liberales Land und eine konstitutionelle Erbmonarchie. Der König ist das Oberhaupt der evangelisch-lutherischen Staatskirche, der offizielle Oberbefehlshaber der Streitkräfte und er ernennt die Regierung, die demokratischen Prinzipien unterliegt.

Die spannende Folklore Norwegens

Die Norweger sind ein ausgesprochen entspanntes, aber auch stolzes und nationalbewusstes Volk. Bei vielen, nicht nur offiziellen Gelegenheiten werden in den privaten Vorgärten Nationalflaggen gehisst. Fast alle Norweger, ob alt oder jung, sind Mitglied in einem Heimatverein. In den Vereinen werden ganz selbstverständlich Trachten getragen und alte Volkstänze getanzt. Das gehört ebenso zur norwegischen Folklore wie die Mythen und Sagen. Die Norweger lieben einfach ihre Heimat, ihr Land und die überwältigende Natur. Wer Norwegen kennengelernt hat, wird das Verstehen. Zum Königreich Norwegen gehören die Musik, die Tänze und die Trachten einfach dazu!

Norwegische Volksmusik ist mitreißend. Zum Einsatz kommen die Maultrommel (harpe), die Hardangerfidel (Hardingfele) und kleine Weidenflöten mit Grifflöchern (Seljeflote). Die beliebtesten, ältesten und populärsten Paartänze sind der Springar und der geschrittene Gangar. Recht berühmt ist der Halling-Tanz, der sich durch Melodien voller Dissonanzen und wilde Sprünge auszeichnet. Ein männlicher Solist, der sich wie ein Derwisch bewegt, steht im Zentrum des Spektakels. Auf dem Höhepunkt schlägt er mit dem Fuß einen Hut von einem Stock, den ein Mädchen hält.

Die norwegische Tracht (bunad) setzt sich für verheiratete Frauen aus Haube und für ledige aus Kopftuch sowie aus Bluse, Leibchen und Weste und einem langen Rock zusammen. Die Männer tragen schwarze Kniebundhosen und weiße Strümpfe. Zur Tracht beider Geschlechter können je nach Herkunft Gürteltaschen, prächtiger Silberschmuck, silberne Knöpfe, Tuchquasten, herrliche Stickereien und Trachtenschuhe gehören. Jede Provinz und jedes Tal hat seine eigene Tracht. Solltest Du die Gelegenheit bekommen, ein Trachtenfest zu erleben, darfst Du Dir das nicht entgehen lassen. Männer, Frauen und Kinder tragen in Norwegen nicht nur am Nationalfeiertag am 17. Mai ihre Tracht und führen Volkstänze zum eigenen Vergnügen auf, sondern auch zu vielen anderen Gelegenheiten.

Mittsommer

Eines der wichtigsten Feste und Feiertage ist in Norwegen Mittsommer, das Sankthansaften genannt wird. Viele nutzen diese Gelegenheit, um ihre Tracht anzulegen. Oftmals geht es aber auch ganz leger zu und es wird Freizeitkleidung getragen. In der Mittsommernacht ist es manchmal heller als am Tage. Das große Mittsommerfest wird am 23. Juni gefeiert, der ein kirchlicher Feiertag ist und für viele Kinder die lang ersehnten Sommerferien einläutet. Im ganzen Land werden Feuer entzündet. Das angeblich weltweit größte, fast 50 Meter hohe Feuer lodert in der Stadt Ålesund an der Westküste Norwegens. Es gibt gegrillte Würste und norwegischen Kartoffelsalat (Lompe). Dazu fließt reichlich Bier, Aquavit, Wein und es erklingen traditionelle Volkslieder.

Die Mythen Norwegens

Natürlich gehören die Wikinger zur norwegischen Folklore, aber auch viele mysteriöse Gestalten, denen Du vorwiegend in der Natur begegnen kannst. In Seljord im See Seljordsvannet kannst Du angeblich sogar einer Seeschlange begegnen. Seit über 250 Jahren behaupten die Menschen dort, immer wieder ein schlangenähnliches Wesen zu sichten. Die Verwandte der schottischen Nessie wurde Selma genannt. An vielen Aussichtspunkten am See kannst auch Du nach dem Wesen Ausschau halten.

Kobolde

Kobolde sind in Norwegen ebenfalls anzutreffen. Sie leben als unterirdische kleine Völker und sind den Menschen nicht unähnlich. Früher wurden den Kobolden in den Dörfern an Samstagen Bier und Fladenbrot (Lefse) gebracht, um sie wohl gesonnen zu stimmen. Das eigene Leben wurde mit den Kobolden abgestimmt, die als Schutzgeister galten und zuweilen Schabernack trieben. Auf norwegischen Bauernhöfen gab es zudem Stallwichtel. Sie wurden als kleine Männer mit langem Bart, grauer Kleidung und roter Zipfelmütze beschrieben, die sich unsichtbar um den Hof und die Tiere kümmerten.

Trolle

Trolle sind ebenfalls in Norwegen beheimatet. Sie leben in unberührter und unzugänglicher Natur in den Bergen oftmals in Höhlen. Sie können von kleinem oder riesigem Wuchs sein und mehrere Köpfe haben. Sie erscheinen nur in der Dunkelheit, denn in der Sonne würden sie zerbersten. Sollte bei Deiner Reise eine Tour zum Fløyen geplant sein, findest Du dort einen geheimnisvollen Trollwald (Trollskogen) rund um den Gipfel des Berges. Der Fløyen ist einer der sieben Berge der Stadt Bergen. Eine Trollleiter gibt es ebenfalls. Sie befindet sich etwa 20 Kilometer südlich von

Andalsnes. Der Trollstigen ist die Nordseite einer Passstraße, die vom Romsdalsfjord zum Norddalsfjord führt. Der berühmte norwegische Nationaldichter Henrik Ibsen hat Trolle in seinem Werk Peer Gynt verewigt. Der größte Troll der Welt lauert übrigens im Hunderfossen Familienpark im Norden von Lillehammer.

Die Legenden Norwegens

Zu Norwegens Folklore gehören auch eine ganze Reihe an Legenden. Dazu zählt die Entführung der Margit Hjukse. Die Legende ist in der Kommune Sauherad in der Provinz Telemark im Süden Norwegens angesiedelt. Die junge Margit wurde auf dem Weg zur Kirche entführt und in den Bergen gefangen gehalten. In einem bekannten norwegischen Volkslied wird ihr Schicksal besungen.

Der Rittersprung

Legenden ranken sich auch um den Rittersprung (Riddersspranget), eine enge und sagenhafte Schlucht des Flusses Sjoa im Nationalpark Jotunheimen in der südnorwegischen Provinz Vestland. Ein Ritter soll hier dereinst ein schönes Mädchen geraubt und nach einem Sprung über die Schlucht für immer mit ihr verschwunden sein.

Der Folgefonna Gletscher

Auch um den berühmten Gletscher Folgefonna in der Region Hardanger im Süden der Provinz Vestland rankt sich ein Volksglaube. Einst soll sich an seiner Stelle ein fruchtbares Tal namens Folgedalen befunden haben, in dem sieben Kirchen standen. Die Bewohner verhielten sich jedoch nicht statthaft. Um sie zu strafen, ließ Gott ganze zehn Wochen lang Schnee und Schneeregen fallen und den Gletscher auftürmen. Früher konnten um den Gletscher herum angeblich viele kleine Vögel in den Farben des Regenbogens beobachtet werden. Die Menschen glaubten, es seien die Seelen der verdammten Talbewohner.

Die Sage vom starken Niels

Viele norwegische Sagen und Legenden haben ihren Ursprung in Telemark im Südwesten von Østlandet. Telemark erstreckt sich vom

Skagerrak bis zur größten Hochebene Europas, der Hardangervidda. Auch die Sage vom starken Nils hat hier ihren Ursprung. Der starke Nils wurde angeblich mit Stutenmilch großgezogen. In Seljord soll er einen 570 Kilogramm schweren Stein in der Kirche gehoben haben. In Vrådal hat er zudem den 75 Kilogramm schweren Klypelyftsteinen mit nur einer Hand hochgehoben. Jede Sage hat einen wahren Kern. Den Serke-Nils gab es tatsächlich. Er lebte von 1720 bis 1800.

Die Samen (Sámi)

Die Geschichte Norwegens ist nicht nur mit den Wikingern verknüpft, sondern auch mit den Samen, die wiederum ihre ganz eigene Folklore haben. Im Norden des Landes stießen die Wikinger auf das Nomadenvolk. Die Samen besaßen zwar Waffen und Gerätschaften aus Bronze, zogen aber friedlich mit ihren Rentierherden und Familien umher. Die Wikinger machten die unterlegenen Samen mühelos tributpflichtig und zwangen sie, ihnen Tiere, Felle und Walknochen zu überlassen. In der grenzübergreifenden Region zu Schweden und Finnland leben heute rund 30.000 Samen in Norwegens Norden. Die finnische Bezeichnung als Lappen empfinden sie als Schimpfwort.

▼ Die Sámi ziehen heute noch als Nomaden durch Norwegen

Fauna und Flora

Im Land der Fjorde sind viele mitteleuropäische Tierarten beheimatet. Neben Rentieren und Elchen gehören Bären, Luchse, Hirsche, Rehe, Füchse, Hasen, Dachse und Wölfe dazu.

Die kälteliebenden Rentiere leben in großen, teils verwilderten Herden im hohen Norden. Einzelne Tiere verirren sich manchmal auch in Städte und kleinere menschliche Siedlungen. In Dovrefjell kannst Du auch Moschusochsen sehen, die dort vor etwa einhundert Jahren ausgesetzt wurden.

◂ Ein Moschusochse mit Kalb

Im Norden des Landes wird die Fauna immer arktischer. Es gibt Polarfüchse, Schneehühner, Schneehasen, Vielfraße und Braunbären. Eisbären finden sich lediglich auf Spitzbergen. Die steilen Felswände der Küste Norwegens sind hervorragende Brutplätze für zahlreiche Seevögel, wie Seeadler, Austernfischer, Papageitaucher, Silbermöwen und Basstölpel.

Die norwegischen Gewässer sind für ihren Fischreichtum bekannt. Im Meer tummeln sich Seelachse, Dorsche, Makrelen, Heringe und Schellfische. Der Fischreichtum lockt neben Seevögeln auch Robben an. Wale sind in der Nähe der Küste nur selten zu beobachten. In den Bächen und Flüssen finden sich zudem zahlreiche Süß- und Brackwasserfische, wie Lachse, Forellen, Hechte, Karpfen und Barsche.

Norwegen zeichnet sich durch fünf Vegetationszonen aus. Erst vor etwa 10.000 Jahren schmolz das Inlandeis und die Vegetation setzte ein. Im Norden in Varanger und auf der Halbinsel Nordkinn befindet sich die baumlose Zone der Tundra mit Zwergsträuchern wie Erikagewächsen. Ihr folgt Richtung Süden die Waldtundra mit niedrigen Birken- und vereinzelten Kiefernwäldern. Auf die Waldtundra folgt in Ostnorwegen der Boreale Nadelwald mit seinen großen Waldgebieten aus Kiefern und Fichten durchmischt mit Birken, Weiden und Espen. Die Böden sind von Flechten, Moosen, Preiselbeeren und den berühmten Moltebeeren, die es ausschließlich in Skandinavien gibt, bedeckt. Die Zone wird weiter südlich abgelöst durch die Fjell-Vegetation.

Vier Fünftel der Fläche liegen hier oberhalb der Baumgrenze. Sie sind von Flechten, Moosen, Gräsern und Zwergsträuchern bewachsen. Norwegens südlichste Vegetationszone ist schließlich der Mischwald, der jedoch von Nadelbäumen dominiert wird.

▼ Ein Elch Bulle - Der König des Nordens

Allemannsretten
das Jedermannsrecht

In Norwegen gilt, wie in vielen anderen Ländern, seit uralten Zeiten das Jedermannsrecht (allemannsretten). Als Gesetz formuliert wurde es jedoch erst im Jahr 1957. Es erlaubt jedermann und natürlich jeder Frau, sich frei in der Natur zu bewegen. Dabei dürfen die Lebensräume von Tieren, Pflanzen und Menschen in keiner Weise beeinträchtigt werden. Kräuter, Beeren und Pilze können für den Eigenbedarf gesammelt werden. Lediglich bei Moltebeeren gibt es Einschränkungen. Das Jedermannsrecht in Norwegen schließt auch das Rasten und Übernachten sowie das kostenfreie Angeln von Salzwasserfischen mit ein. Aktuell darfst Du für eine gewisse Zeit auch mit dem Wohnmobil über Nacht stehen. Wegen der Zunahme des Tourismus gibt es jedoch immer mehr lokale Einschränkungen, die zu berücksichtigen sind.

„Tu das lieber nicht!"

- Einfuhr von rohen Kartoffeln verboten! – Norwegen möchte sich vor Krankheiten schützen, die von Kartoffelschalen übertragen werden!
- Verwende für Wintercamping keine Butan Gaskocher – die funktionieren unterhalb des Gefrierpunktes nicht mehr! Setzte lieber auf Propan Gas!
- Geht nicht ohne Analoge Karte wandern – Norwegens Berge sind weit läufig, die Gefahr, dass Du Dich verläufts ist hoch.
- Dann plane nicht zu viele Kilometer pro Tag, Norwegens Landschaft ist für sich allein eine Sehenswürdigkeit – sieh sie Dir an!
- Streichle lieber keinen Elch – Sie sind wilde Tiere und eine nahe Begegnung würde für Dich gefährlich werden.

Die ideale Reiseausrüstung

Egal zu welcher Jahreszeit Du nach Norwegen fährst, an Regenkleidung darf es nie fehlen. Auch im Sommer solltest Du festes, am besten halbhohes Schuhwerk, eine etwas wärmere Regenjacke, dicke Socken und Pullover dabeihaben. Auf den Regenschirm kannst Du in freier Natur verzichten, denn der ist den teils kräftigen Schauern kaum gewachsen. Am besten bist Du mit atmungsaktiver Funktionskleidung ausgestattet, die schnell wieder trocknet. In höher gelegenen Regionen solltest Du wegen des Windes immer einen Schal oder ein Halstuch sowie eine Kopfbedeckung im Gepäck haben. Wenn Du in den norwegischen Jugendherbergen, den Vandrerhjemen, übernachten möchtest, musst Du einen Schlafsack oder Bettwäsche mitbringen.

Falls Du zwischen Mittsommer und August reist, darf der Insektenschutz nicht fehlen. Gegen unliebsame Mücken hilft am besten das schwedische Djungelolja, das Du Dir während der Anreise besorgen kannst. Solltest Du wandern gehen wollen, benötigst Du definitiv eine analoge Karte und einen Kompass als Rückversicherung. Bedenke, dass es im norwegischen Winter zu zweistelligen Minusgraden kommt, das ist für einige Smartphones zu kalt.

Viele Wege führen nach Norwegen

90 Prozent aller Norwegenreisenden kommen auf eigene Faust ins Land. Etwa 75 Prozent wiederum reisen mit dem Auto, Motorrad oder Wohnmobil an. Natürlich sind auch Rundreisen mit der Bahn, etwa von Oslo nach Bergen, möglich. Ein Küsten-Katamaran oder die Postschiffslinie Hurtigruten kann ebenfalls zur Entdeckung Norwegens genutzt werden. Unsere Reisebeschreibungen werden sich primär an den wichtigen Verkehrslinien orientieren.

Die Anreise aus Deutschland auf Rädern erfolgt mit Fähren über das Wasser. Eine Anreise über die Öresundbrücke von Kopenhagen über Malmö ist für Norwegenurlauber keine empfehlenswerte Alternative, da sie sehr lange dauert. Die Anreise nach Norwegen ist in jedem Fall lang, egal welche Route Du wählst. Jedoch ist der Weg bekanntlich das Ziel. Von Deutschland fährt eine direkte Fähre von Kiel nach Oslo. Diese Direktverbindung ist bequem und wird gern genutzt. Die Überfahrt dauert insgesamt etwa 20 Stunden.

Von Hamburg mit der Vogelfluglinie

Ebenfalls möglich ist die Anreise über die sogenannte Vogelfluglinie, die sich als recht kostengünstige Variante erweist. Sie führt von Puttgarden über den dänischen Fährhafen Rødbyhavn nach Göteborg und weiter nach Oslo. Die Fährkosten für die kurzen Überfahrten sind überschaubar und die Fährfrequenzen dicht getaktet, sodass Du zeitlich flexibel bist.

Diese Anreise hat jedoch Nachteile. Von Hamburg aus sind es etwa 900 Kilometer mit dem Auto. Auch auf Verkehrsstaus solltest Du Dich einstellen. Gerade um Kopenhagen gibt es häufig Stau. Ohne Übernachtungen wirst Du bei dieser Variante kaum auskommen.

Von Rostock über Dänemark oder Schweden nach Norwegen

Eine dritte und vierte Möglichkeit bietet die Anreise von Rostock in Mecklenburg-Vorpommern. Sie beginnt wahlweise mit der eindreiviertelstündigen Überfahrt von Rostock nach Gedser in Dänemark. Von dort fährst Du in zwei Stunden nach Helsingborg und setzt dann mit der Fähre nach Oslo über.
Alternativ kannst Du von Rostock ins schwedische Trelleborg übersetzen. Die Überfahrt dauert sechs Stunden. Von Trelleborg fährst Du über die E6 an der Westküste Schwedens weiter nach Norwegen. Für die Einreise nach Norwegen genügt ein gültiger Personalausweis oder ein Reisepass. Nach Norwegen dürfen lediglich Waren bis zu einem Wert von 6.000 Norwegischen Kronen zollfrei eingeführt werden. Elf NOK entsprechen etwa einem Euro (Stand: Februar 2024). Der Wechselkurs ist naturgemäß Schwankungen unterworfen.

▼ Kletterbegeisterte sollten keinesfalls ihre Ausrüstung vergessen!

Verkehrsregeln und Verkehr

Am besten lässt sich das riesige Norwegen immer noch mit dem eigenen Fahrzeug erkunden. In Ortschaften liegt die Geschwindigkeitsbegrenzung bei 50 km/h, auf Landstraßen bei 80 km/h und auf Schnellstraßen bei 90 km/h. Das Abblendlicht muss beim Fahren immer (!) eingeschaltet sein. Das Telefonieren und Rauchen ist Autofahrern generell verboten. Im Winter solltest Du Dich mit Schneeketten, Spaten oder Spikereifen auf stark verschneite Straßen einstellen. Ein gebührender Sicherheitsabstand ist auf Norwegens Straßen verpflichtend. Es gilt Gurtpflicht für alle Insassen.

Solltest Du ohne Auto oder Wohnmobil angereist sein, kannst Du sie auch in Norwegen mieten. Das Mieten von Fahrzeugen ist jedoch ein recht kostspieliges Vergnügen. Außerdem wirst Du in Städten nur schwer einen Parkplatz finden. Diese sind noch dazu teuer, denn Norwegen ist bemüht, die Innenstädte verkehrsfrei zu halten. Die Städte lassen sich aber ohnehin besser zu Fuß erkunden.

Mautpflicht

Die Verkehrsstraßen unter den Bezeichnungen E und RV sowie große Stadtringe sind in Norwegen mautpflichtig. Die Maut wird Bompenger oder Vegavgift genannt. Autofähren spielen in Norwegens Verkehr eine wichtige Rolle. Die Fährpreise sind gelegentlich recht hoch, aber der Pendelverkehr funktioniert einwandfrei. Zwischen November und Juni muss mit der Sperrung von Hochgebirgsstraßen gerechnet werden.

Wer mit Hund nach Norwegen einreisen möchte, sollte sich zunächst auf der Informationsseite der norwegischen Botschaft informieren. Hunde müsse vor wenigstens 21 Tagen gegen Tollwut geimpft sein, einen Mikrochip tragen und über einen Heimtierausweis verfügen.

Ärztliche Versorgung

Norwegen verfügt über ein gut funktionierendes Gesundheitssystem mit Kassenärzten und staatlichen Krankenhäusern, die von der norwegischen Verwaltung für Gesundheitsökonomie Helfo verwaltet werden. Trotz starker Bezuschussung durch den Staat ist die Versorgung nicht kostenlos. Du brauchst von Deiner Krankenkasse eine sogenannte EHIC-Karte. Eventuell ist diese bei neuen Krankenkassenkarten bereits integriert, aber Du solltest in jedem Fall Rücksprache halten, damit Behandlungen und Krankenhausaufenthalte mit der üblichen Selbstbeteiligung gedeckt sind. Zudem ist es üblich, in Norwegen eine Konsultationsgebühr zu entrichten. Deshalb kann sich eine zusätzliche Auslandsreise-Krankenversicherung lohnen. Dann werden sämtliche Auslagen erstattet.
Der Arzt heißt in Norwegen legevakt, der Zahnarzt tannleger und das Krankenhaus sykehus. Kommunikationsprobleme wird es kaum geben, denn alle Ärzte und Pflegekräfte sprechen Englisch, nicht wenige sogar Deutsch. Bei längeren Wanderungen empfiehlt es sich, eine Notfallkarte mit Notrufnummern dabei zu haben, denn im weitläufigen Gelände Norwegens lauern wie überall in der Natur Gefahren.

Rettungsdienst & Bergrettung = 113
Feuerwehr / Polizei = 110
Seenotrettung = 120

Damit Du im Notfall optimal versorgt werden kannst, empfiehlt sich ein digitaler Notfallpass. Dieser kann weltweit abgerufen werden und enthält wichtige Informationen zu Alter, Gewicht, Medikamente, Allergien und vieles mehr.

Das norwegische Preisniveau

In Norwegen sind einige Produkte, unter anderem Alkohol, recht teuer. Rechne damit, dass Du für Lebensmittel doppelt bis dreifach hohe Preise wie in Deutschland zahlen musst. Für alkoholische Getränke reicht dieser Faktor nicht aus. Da Norwegen bisher nicht zur EU gehört, sind vorrangig importierte Produkte teuer. In Discountern wie Kiwi, Coop und Rema kaufst Du etwas günstiger ein, da dort überwiegend norwegische Produkte angeboten werden. Ein gewisses Kontingent an Vorräten kann zollfrei eingeführt werden.

Unterkünfte, Restaurants und Mehrwertsteuer

Übernachtungen in einfachen Unterkünften und Restaurantbesuche in bodenständigen Gasthäusern sind ähnlich teuer wie hierzulande. Trinkgeld ist in Norwegen nicht verpflichtend. Solltest Du in Bars und Restaurants zufrieden sein, darfst Du natürlich welches geben. Das Bargeld hat in Norwegen weitgehend ausgedient. Das übliche Zahlungsmittel sind Kredit- und Debitkarten. Wer in Norwegen Waren erwirbt, kann sich theoretisch die stattliche Mehrwertsteuer von 25 Prozent zurückerstatten lassen. In der Praxis erweist sich das jedoch als außerordentlich kompliziert. Falls Du Dir etwas kaufst, dann rechne besser nicht damit, dass Du die Mehrwertsteuer zurückerhältst.

Internet, Telefonie und Strom

Internet und Mobilfunk funktionieren In Norwegen ganz ausgezeichnet. Die 2017 in Kraft getretene EU-Regelung für Mobilfunk gilt auch für Norwegen. Deutsche Mobilfunknetzbetreiber dürfen deshalb für das Telefonieren, für Netzkommunikation und für das Surfen keine höheren Kosten verlangen als in Deutschland. Im Land gibt es drei Mobilfunknetzbetreiber: ice.net, Telenor und Telia.

Für Elektrogeräte benötigst Du in Norwegen keinen Spannungsumwandler. Du kannst Deine Geräte also ganz wie zu Hause betreiben. Die Netzspannung beträgt wie in Deutschland 230 Volt und auch die Frequenz von 50 Hertz entspricht dem gewohnten Standard.

Die norwegischen Weltkulturerbe-Stätten

In Norwegen wurden insgesamt acht Weltkulturerbe-Stätten von der UNESCO anerkannt. Dazu gehören das Hanseviertel Bryggen in Bergen, die Stabkirche Urnes, die jungsteinzeitlichen und bronzezeitlichen Steinritzungen in Alta im Norden Norwegens, die ehemalige Kupferbergbau Stadt Røros, die offene und einmalige Kulturlandschaft Vega-Archipel, der geodätische Messpunkt Struve-Bogen, die Fjorde Geirangerfjord und Nærøyfjord in Westnorwegen und das Industrieerbe Rjukan-Notodden in Südnorwegen.

▾ Das Hanseviertel Bergens im Winter

Die berühmten Stabkirchen

Die Stabkirchen Norwegens sind eine landestypische Besonderheit. Im Jahre 1250, 200 Jahre nach der Missionierung, soll es an die Tausend von ihnen gegeben haben. Heute befinden sich noch 25 Stabkirchen an ihren originalen Standorten. Andere wurden vor allem in Südnorwegen in Freilichtmuseen versetzt. Stabkirchen sind hölzerne Kathedralen und Zeugnisse norwegischer Handwerkskunst. Wenigstens eine dieser Kirchen solltest Du auf Deiner Reise nach Norwegen bestaunt haben, etwa in Urnes, in Borgund, im Freilichtmuseum Maihaugen bei Lillehammer oder im Bygdøy-Folkemuseum in Oslo.

▼ Die Stabkirche in Hopperstad

Vorbild für die Konstrukteure und Architekten der Stabkirchen waren die Drachen-Schiffe der Wikinger. Die Kirchen hängen praktisch an einem Mast. Von diesem Stab, norwegisch Stav, haben sie ihren Namen erhalten. Aus einem Mast wurden im Laufe der Entwicklung dieses Kirchentyps mehrere. Die manchmal bis zu acht Meter hohen Masten wurden mit Pfeilern, Stützen, Zargen und Rahmen zu prächtigen Gebäuden verbunden. Die Wände wurden mit Holz verplankt und selbst die Nägel der alten Kirchen sind aus Holz gefertigt. Die Säulenbauwerke ruhen meist auf Rahmen aus Steinen und sind so vor dem oft feuchten norwegischen Boden geschützt. Die pagodenartigen Dächer sind aus Schindeln aus harzreichem Lärchenholz gefertigt und mit Teer gegen Regen und Sturm konserviert.

Der Sommer in Norwegen

sommer

Dein Sommer – Wetter in Norwegen

Allgemeines lässt sich zum sommerlichen Wetter in Norwegen wenig sagen, da die Witterung stark von der jeweiligen Region in dem großen Land abhängt. Der Sommer zwischen Juni und August ist jedoch eine günstige Reisezeit für fast alle norwegischen Gebiete. Im Süden und Westen des Landes wird es selbst im Sommer nicht unangenehm heiß. Im Norden und Nordosten entfalten die kurzen Sommer ihre ganz eigene Kraft und lassen die Natur förmlich explodieren. In den östlichen und Landesinneren Gebirgsregionen kann es selbst im Sommer noch zu Schneefällen kommen.

DER KLASSIKER:

Südküste Norwegens von Åsgårdstrand nach Kristiansand

Ein Klassiker unter Norwegens Ferienzielen ist die Südküste, die von Oslo und vom Oslofjord aus schnell auf der Europastraße 18 erreicht werden kann. In den hübschen Ortschaften am Meer geben sich die sonnenhungrigen Norweger gern den Strandfreuden hin. Überall nimmt das Auge weiße Segel zwischen Inseln und Schärengärten wahr. Campingplätze, Ferienwohnungen und Hütten zur Miete findest Du in Norwegens herrlichem Süden in nahezu jeder Ortschaft.

▼ Die Stadt Kristiansand im Süden Norwegens

Åsgårdstrand

Deine Route beginnt in dem bezaubernden Küstenstädtchen Åsgårdstrand, das schon seit über hundert Jahren ein beliebter Badeort ist. Das elegante und ruhige Künstlerdorf mit seinen weißen Holzhäusern mit ihren üppigen bunten Gärten, die sich wie Perlen an der Küste aufreihen, lädt im Sommer zum Flanieren und Genießen ein. Zu den prominentesten Bewohnern der kleinen Stadt mit ihren 3000 Einwohnern zählte Edvard Munch. Munchs Hus, eher eine Kate mit Atelier und Blick über den Fjord, sagt mehr über den Maler als so manches Museum.

In südwestlicher Richtung folgt Tønsberg, Norwegens älteste Stadt und das kulturelle Zentrum der Vestfold-Region, die für jeden etwas zu bieten hat. Die schönsten Badeplätze befinden sich auf der Insel Tjøme. Im Sommer werden das Schlossberg Musik Festival und die Festspiele veranstaltet. Der Dom zu Tønsberg ist eine Besichtigung wert und wer sich für die Wikinger begeistert, kommt im Vestfold Fylkesmuseum auf seine Kosten. Die Umgebung mit 700 Schäreninseln ist ein Eldorado für Wassersportler und auch das Tønsberger Hinterland, das bis zu den Gipfeln der Telemark reicht, lohnt der Erkundung mit dem Auto oder mit dem Fahrrad.

Walfang, Seefahrt und Moränen

Südöstlich von Tønsberg folgt Sandefjord. Dass die Stadt das Zentrum des norwegischen Walfangs war, ist nicht zu übersehen. Das fontänenumspritzte Walfängermonument, das Wahrzeichen der Stadt, zeugt ebenso davon wie das Hvalfangstmuseum. Das ruhmreiche Gokstadschiff aus der Wikingerzeit, das als Königsgrab diente, wurde im Jahr 1880 nahe der Stadt geborgen. Falls Du Dich für Seefahrergeschichte interessierst, solltest Du einen Ausflug ins winzige Lotsendorf Ula unternehmen. Das Ulabrand-Denkmal über dem idyllischen Dorf erinnert an die Zeit, als sich hier die Lotsen Konkurrenz machten, um die großen Frachtschiffe durch die Schären zu leiten.

Larvik ist Deine nächste Station. Mit über 30.000 Einwohner ist Larvik mit seinem natürlichen Hafen die größte Stadt zwischen Oslo und Kristiansand. Sehenswert sind die Larvik Kirke und das große rote Herrenhaus in einem weitläufigen Park, das sich ein Halbbruder des dänischen Königs 1674 errichten ließ. Mit der Fähre erreichst Du von hier aus in nur sechs Stunden das dänische Frederikshavn.

◀ Das Walfängermonument in Sandefjord

Nahe von Larvik kannst Du Außergewöhnliches entdecken: das Gräberfeld Mølen und das Gräberfeld von Istrehågan. Vor allem Mølen mit seiner überwältigenden Lage direkt am Meer ist beeindruckend. Das Gräberfeld Mølen ist Teil einer der größten eiszeitlichen Endmoränen Norwegens. Hier wurden in der Bronze- und in der Wikingerzeit von 1800 vor Christus bis 1050 nach Christus die Herrscher und ihr Gefolge unter Geröll begraben. Die historische Landschaft mit mehr als hundert verschiedenen Gesteinsarten ist ein beliebtes und unbedingt sehenswertes Ausflugsziel an der Südküste Norwegens.

Ausflüge in die Telemark

Larvik bietet sich für Ausflüge in die Telemark mit ihren Seen, Wäldern und Wasserfällen an. Eine schöne und abwechslungsreiche Tour führt zum Beispiel durch das Bødal und durch das schmale Tal der Seljordsees in das malerische Dorf Seljord. Über eine kehrenreiche und steile Straße kannst Du auch über Kvitseid entlang am gleichnamigen See ins idyllische Vrådal am Schnittpunkt vom Nissersee und Vråvatnet See gelangen. Der Vråvatnet mit seinen viele grünen Inseln ist der größte See der Telemark.

▼ Ein Ausblick auf die Schleusen des Telemarkkanals

Zauberhafte Städte und Küstenorte

Viele der zahlreichen Ortschaften an Norwegens Südküste sind einen Besuch wert. Nicht entgehen lassen solltest Du Dir eine Visite in dem Fjorddorf Brevik. Brevik beeindruckt mit seinen steilen Gassen, schneeweißen Häusern sowie der 677 Meter langen und 46 Meter hohen Brücke über den Langesundfjord. Bei einer Rast in einer Konditorei oder einem Restaurant am Marktplatz hast Du einen herrlichen Blick über den Fjord und das Inselchen Øya. Auf der Insel selbst befindet sich der über 50 Meter hohe Aussichtspunkt Veten, von den Du einem phänomenalen Blick auf Kragerø und über den Schärengarten hast.

Kragerø und Risør

Die Stadt Kragerø, die zu Fylke Telemark gehört, ist bereits seit den 1920er-Jahren ein touristische Zentrum. Schon Edvard Munch hat die Stadt mit ihren heute 10.000 Einwohnern, den engen Gassen und den weißen Holzhäusern zu schätzen gewusst. Im Sommer kann Kragerø allerdings recht überlaufen sein, denn in der Umgebung gibt es mehrere Tausend Ferienhütten. Am Steinmann, dem Aussichtspunkt oberhalb der Stadt, ist es hingegen meistens ruhig.

Risør, die Perle im Süden, wird auch „Weiße Stadt am Skagerrak" genannt. In der Küstenstadt mit ihren knapp 7.000 Einwohnern ist alles ein wenig üppiger, exklusiver und teurer. Nicht weit entfernt im Südwesten liegt Tvedestrand mit etwas weniger Einwohnern. Die Bewohner nennen ihre Stadt am Oksefjord, die ebenfalls vom Tourismus geprägt ist, liebevoll „Sørlandets lächelndes Grübchen". Die verwinkelten Gassen, das hübsche Rathaus, die zahlreichen Antiquariate und die kleine Riviera im Ort sind einen Besuch wert. Von hier lohnt sich eine Schifffahrt in den Schärengarten, bei der mehrere Inseln angesteuert werden.

▲ Die Perle des Südens – Risør

Von Arendal nach Kristiansand

Arendal ist eine geschäftige Stadt mit mehr als 14.000 Einwohnern, in der Tradition auf Moderne trifft. Die Altstadt Tyholmen ist charmant und die alten Leuchttürme trotzen schon seit Jahrzehnten dem Sturm. Hier kannst Du einen schwimmenden Pool im Yachthafen genießen und Norwegens kleinste Schokoladenfabrik besuchen. Die Küstenstadt liegt nur noch eine Stunde östlich von Kristiansand. Die etwa 90 Kilometer kannst Du auf einer interessanten und abwechslungsreichen Radtour durch hügelige Waldlandschaft zurücklegen und zwischendurch immer wieder Sonne, Strand und Meer in vollen Zügen auskosten.

▼ Blick auf die schöne Stadt Arendal

STÄDTETRIP:

im Sommer nach Ålesund

Jenseits der Typischen Touristenrouten verbirgt sich ein wahres Kleinod: Ålesund. Nicht wenige halten Ålesund für die schönste aller norwegischen Städte. Sie liegt über 330 Kilometer nordöstlich von Bergen in der Fylke Møre og Romsdal auf mehreren Inseln und hat etwas weniger als 60.000 Einwohner. Die Hauptinseln heißen Aspøy in der Mitte, Nørvøy im Osten und Hessa im Westen. Ålesund bewirbt sich selbst als einzige Stadt aus Stein, in Norwegen wahrlich etwas Besonderes. Vom Hausberg Aksla aus kannst Du einen einzigartigen Ausblick auf die gesamte Stadt und die umgebende Inselwelt genießen. Ålesund wird auch die Stadt der schönen Fassaden genannt, die hier vorwiegend im Jugendstil in Erscheinung treten.

▼ Die Stadt Ålesund – errichtet im Jugendstil

Ålesund – Anreise und Unterkünfte

Ålesund ist aus allen Landesteilen gut zu erreichen. Du gelangst in die Stadt mit dem Auto aus Bergen oder Trondheim kommend über die Europastraße 39. An die östlichen Landesteile ist Ålesund über die Europastraßen 6 und 136 angebunden. Etwa 20 Kilometer außerhalb der Stadt liegt auf der Insel Vigra der Flughafen Ålesund, der von Oslo, weiteren norwegischen Städten und von Amsterdam angeflogen wird. Ålesund ist zudem Anlegestelle der Schiffe der Hurtigrute. Über einen eigenen Bahnanschluss verfügt die Stadt jedoch nicht.

Die Sommer sind in Ålesund angenehm warm. Die Temperaturen liegen meist bei um die 18 Grad Celsius, also ideal zum Erkunden einer Stadt. Die Sonne scheint im Sommer häufig, aber Du solltest auch mit Regen rechnen. In Ålesund gibt es mehrere Hotels und zwei citynahe Campingplätze in schöner Lage an Fjordufern mit Stellplätzen für Wohnmobile und Hüttenvermietung.

Stadtgeschichte

Die heutige Silhouette von Ålesund ist knapp 120 Jahre alt, denn ein verheerendes Feuer zerstörte die alte Hafen- und Fischerstadt im Jahr 1904 und machte über Nacht 10.000 Menschen obdachlos. Drei Jahre später war sie wieder errichtet. Der Bau von Holzhäusern war nicht mehr gestattet. Stattdessen entstanden steinerne Gebäude mit Türmchen, Spitzen, Erkern, reichen Ornamenten und vor allem Jugendstilmotiven. Junge Architekten ließen sich bei ihren Entwürfen von dem aktuellen Baustil in Europa inspirieren. Der deutsche Kaiser Wilhelm II. war ein Liebhaber Norwegens. Deshalb unterstützte er den Wiederaufbau mit finanziellen Mitteln. Für die 1909 errichtete Kirche spendierte er zudem die Glasmalereien.

Archäologische Funde belegen, dass es auf den Inseln schon eine frühmittelalterliche Besiedlung gab. Vermutlich nutzten die Wikinger den schmalen Sund (daher der Stadtname) und seine

Ufer als Marktplatz. Das Stadtrecht wurde Ålesund erst 1848 verliehen. Der Handel mit Fisch bis hin nach Spanien machte die Stadt schnell wohlhabend. Bereits im 19. Jahrhundert fand hier Norwegens erste Fischfachmesse statt.

Bis heute ist ein wichtiger Fischereihafen Norwegens, der überwiegend Klippfisch exportiert. Die Bezeichnung Klippfisch geht darauf zurück, dass in längst vergangenen Zeiten der entgrätete und ausgenommene Kabeljau auf den Klippen getrocknet wurde. Später wurde der Fisch auf Gestellen getrocknet, wie Du sie heute noch in Norwegen sehen kannst. Auch der Tourismus ist für Ålesund ein nicht unerheblicher Wirtschaftsfaktor. Die Stadt ist zudem ein wichtiger Anlaufpunkt für Tauch- und Segelsportler.

▾ Heutzutage wird Kabeljau auf Gestellen getrocknet

▲ Der Hafen von Ålesund

Sehenswürdigkeiten im Zentrum

Die Besiedlung der Stadt konzentriert sich auf die bereits erwähnten Hauptinseln, die durch Brücken miteinander verbunden sind. Weitere vorgelagerte Inseln wie Valderøy, Ellingsøy und die sehenswerte, auf mehrere Inseln verteilte Gemeinde Giske sind durch ein mautpflichtiges Tunnelsystem zu erreichen. Die Hauptsehenswürdigkeiten konzentrieren sich jedoch auf die Hauptinseln und können gut zu Fuß erkundet werden.

Die größte Sehenswürdigkeit von ist der vor über hundert Jahren errichtete Stadtkern selbst. Um Dir einen Überblick zu verschaffen, solltest Du zunächst den 189 Meter hohen Hausberg Aksla mit dem Aussichtspunkt Kniven besteigen. Die steile Treppe mit über 400 Stufen erfordert gute Kondition. Dafür kannst Du Dich mit einer Rast im sehenswerten Fjellstua-Restaurant belohnen, das übrigens auch mit dem Auto zu erreichen ist. Der Hausberg ist vom Stadtpark umgeben, der erholsame Stunden abseits vom städtischen Trubel bietet.

Empfehlenswert und eng mit der Stadtgeschichte verbunden ist das Jugendstilmuseum (Jugendstilsenteret). Es liegt am Kanal Brosundet in einem der schönsten Bauten der Stadt, in der ehemaligen Svane-Apotheke. Hier ist der vernichtende Stadtbrand lehrreich dargestellt, ebenso wie der schnelle und kreative Wiederaufbau Ålesunds. Ein hübsches Café in angemessenem Jugendstilambiente lädt zum Entspannen ein. Direkt neben dem Jugendstilmuseum liegt das Museum KUBE, das regionale Kunstmuseum des Bezirks Møre og Romsdal, in einem ehemaligen Bankgebäude.

▼ Die Jugendstil Architektur in Ålesund

Einigen weiteren Häusern solltest Du bei einem entspannten Bummel vor immer wieder überraschender Kulisse aus Meer, Bergen und Inseln Deine Aufmerksamkeit widmen. Da wäre unter anderem das Haus Kongens gate 10B, das schmalste Haus Norwegens. Direkt daneben steht das hübsche Haus Kongens gate 12, in das Du auch einkehren kannst, denn es wird gastronomisch bewirtet.

▲ Die Straßen in Ålesund sind allein für sich einen Spaziergang wert

Das denkmalgeschützte Haus der Arbeitervereinigung wird ebenfalls Deine Aufmerksamkeit erregen, ebenso wie das historische, mit hellem Marmor verkleidete Speicherhaus Rønnebergbua. Anders als die meisten Häuser kommt das Haus der Freimaurerloge Ålesund im neoklassizistischen Stil daher. Es wurde ebenso wie das noch heute betriebene Løvenvold-Kino erst 1923 errichtet. Interessant ist auch die Treppenanlage Tusentrappene aus den 1930er-Jahren. Beim Flanieren durch die Gassen und Straßen findest Du jede Menge interessanter Läden und Einkehrmöglichkeiten.

Weitere Sehenswürdigkeiten in der Stadt sind „The Atlantic Sea-Park", Skandinaviens größtes Aquarium mit heimischen und exotischen Fischen, und das Fischereimuseum unweit der Mole, das ausnahmsweise in einem Holzhaus untergebracht ist.

Die Umgebung von Ålesund

Die reizvolle Umgebung von Ålesund hält ebenfalls Überraschendes bereit. Da wäre das vier Kilometer entfernte Sunnmøre Museum, ein wunderschönes und lehrreiches Freilichtmuseum und landschaftlich beeindruckendes Ensemble mit etwa 50 alten, historisch aufbereiteten Häusern, wie Werkstätten und Fischerkaten, 40 Booten inklusive dem Wikingerschiff Borgundknarren aus dem achten Jahrhundert und einem einladenden Café.

Ein Ausflug zum nahe gelegenen Geirangerfjord darfst Du Dir bei Deinem Aufenthalt nicht entgehen lassen. Die UNESCO-Welterbestätte eignet sich ausgezeichnet für sommerliche Wandertouren. Auch eine Insel-Runde mit dem Boot in der südwestlich gelegenen Kommune Herøy, welche die Inselgruppe der Sørøyane umfasst, solltest Du einplanen. Auf den Inseln leben nur ganz wenige Menschen, im Sommer aber eine halbe Million Vögel. Auf der Insel Herøya befindet sich zudem das interessante Küstenmuseum. Die Schären und Inselwelt um Ålesund kannst Du für verschiedene Bootstouren und für wassersportliche Aktivitäten wie Segeln oder Surfen nutzen. Das Wasser des Atlantiks wird auch im Sommer nicht wärmer als zehn Grad. Schwimmen ist damit nur etwas für besonders Mutige.

▼ Der Geirangerfjord zählt seit dem 14. Juli 2005 zum UNESCO-Weltnaturerbe

GEHEIMTIPP:

für den Jotunheimen-Nationalpark

Unsere dritte Sommerreise führt in den mächtigen Gebirgsstock des Jotunheimen auf einem Gebiet von 3.500 Quadratkilometern. Die nordische Mythologie besagt, dass Jotunheimen der Ort war, an dem die Jotner-Riesen lebten. Das „Reich der Riesen" liegt zwischen dem Sognefjord im Fylke Vestland, dem tiefsten und längsten Fjord Norwegens, und der Landschaft Valdres im zentralen Süden des Landes. Jotunheimen ist Norwegens größtes und höchstes Gebirge. Seit mehr als hundert Jahren gilt es als Wandergebiet Nummer eins.

▼ Der Fluss gudbrandsdalslågen mit einer Gesamtlänge von 204 Km

⮝ Die Stabkirche in Lom

Jotunheimen – Anreise und Unterkünfte

Die Anfahrt nach Jotunheimen erfolgt von Oslo über die E 16 durch das Valdres-Tal oder über die E 6 durchs Gudbrandsdal. Zugfahrten von Oslo nach Lom oder Otta sind ebenfalls möglich. Die Gebirgspanoramen versetzen einen bereits bei der Anreise in Staunen.

Das Wetter Jotunheimens hängen stark von der Höhenlage und dem Standort ab. Im westlichen Teil gibt es deutlich mehr Niederschläge als im östlichen. In höheren Lagen fällt meist mehr Regen und die Temperaturen bleiben auch im Sommer oft im einstelligen Bereich. Auf einer Höhe von 1.000 bis 1.200 Metern betragen die mittleren Temperaturen im Juli zehn Grad Celsius. In tieferen Regionen und wenn die Sonne scheint, wird es aber durchaus sommerlich warm. Regenfeste Kleidung sollte bei jeder größeren Bergwanderung dazu gehören. Mit einem Schichtenlook kannst Du Dich auf die wechselnde Wetterlage einstellen.

Bereits 1869 wurde im Jotunheimen-Gebirge die erste Übernachtungshütte am Tyinsee gebaut. Heute gibt es eine ganze Reihe davon. Norwegens berühmteste Berghütten, die Juvashytta und die Spiterstulen, liegen mitten im Nationalpark. Wenn Du dort übernachten möchtest, solltest Du beizeiten reservieren. Übernachtungsmöglichkeiten, angefangen von Berg- und Fjell-Hotels sowie Pensionen in Bauernhöfen über Jugendherbergen und Hütten hin zu Campingplätzen mit Hüttenvermietung und Stellplätzen für Wohnmobile finden sich vorwiegend in den Ortschaften rund um das zentral gelegene Gebirge, etwa in Røysheim, Lom, Fortun.

Der Jotunheimen Nationalpark

Jotunheimen hat für die Skandinavier einen ähnlichen Stellenwert wie die Alpen für die Mitteleuropäer. Im Jotunheimen-Gebirge mit seiner einzigartigen Flora und Fauna triffst Du beim Gebirgswandern auf viele Naturphänomene. Die Aussichten werden Dich immer wieder überwältigen. Neben dem Wandern, Klettern, Rafting und Reiten ist im Sommer hier noch eine weitere Aktivität möglich: Skifahren.

▾ Blick auf die Berge des Jotunheimen Nationalparkes

sind im Jotunheimen-Gebirge zu finden: der 2.469 Meter hohe Galdhøpiggen, der 2.452 Meter hohe Glittertind und der 2.405 Meter hohe Skagastøltind.

▲ Ausblick vom größten Berg Skandinaviens – dem Galdhøpiggen

Sehenswertes in Fossbergom

Solltest Du Dich selbst versorgen oder vor einer ausgedehnten Wanderung noch einmal Deine Vorräte auffüllen wollen, bist Du in Lom genau richtig. Die Supermärkte im Zentrum haben hier bis 23 Uhr geöffnet. Auf dem Gebiet der Kommune mit ihren etwa 2.000 Einwohnern liegt der höchste Berg Norwegens, der Galdhøpiggen.

Empfehlenswert ist ein Besuch, des Gebirgsmuseums, um sich einen Überblick über das Jotunheimen-Gebirge und den Nationalpark zu verschaffen. Unbedingt sehenswert ist die

Lomskyrkja, eine im Jahr 1180 errichtete Stabkirche, die von der Gemeinde auch heute noch als Kirche für regelmäßige Gottesdienste genutzt wird. Die große, dreischiffige Kirche wurde im 17. Jahrhundert zur Kreuzkirche erweitert.

Gleich hinter der nahen Brücke am Wasserfall Prestfossen findest Du das Norsk Fjellmuseum. Das originelle Gebirgsmuseum, das gleichzeitig das Informationszentrum für den Nationalpark Jotunheimen ist, blickt in die Geschichte des Gebirges zurück und zeigt auf eindrückliche Weise die Wechselwirkung zwischen Natur und Mensch. Auch die Gefahren, die Eis und Schnee immer noch bergen, werden anschaulich dargestellt.

Wandern und Skifahren in Jotunheimen

Im Nationalpark gibt es allein über 50 markierte Wanderrouten und in der Umgebung 70 weitere. Es sind kürzere Rundwanderungen möglich, aber auch Mehrtageswanderungen von Hütte zu Hütte. Ein guter Startpunkt für die beliebte Wanderung über den Besseggen-Grat ist etwa der See Gjende. Die recht anspruchsvolle Wanderung über den schmalen und steilen Grad dauert acht Stunden und erfordert gute Kondition. Höhenangst solltest Du besser nicht haben.

▾ Ausblick auf dem Gjende See vom Bessegen Kamm

Skifahren kannst Du im Sommer im Galdhøpiggen Sommerskizentrum, das am Fuße des höchsten Berges auf dem Juvbreen auf einer Höhe von 1.850 Metern liegt. Das Skizentrum befindet sich direkt auf einem Gletscher. Die Anlage verfügt über einen Lift und bietet eine 1.400 Meter lange Abfahrt für sommerliches Skivergnügen.

Eine Fahrt über das Sognefjellet

Falls Du mit dem eigenen Auto angereist bist, solltest Du unbedingt eine Fahrt über das Sognefjellet unternehmen. Eine alte Sognefjellet-Straße zwischen Fortune und Turtagrø zählt zu den schönsten von ganz Norwegen. Die Bauern nutzten sie schon vor über 500 Jahren, um ihre Güter mit Pferden nach Skjolden zu bringen und von dort weiter nach Bergen zu verschiffen. Von Fosserbergom aus gelangst Du auf der RV 55 zunächst nach Fortun. Es folgt eine etwa 70 Kilometer lange Strecke mit zahlreichen Kehren, Ausweichbuchten und steileren Anstiegen zum Turtagrø-Hotel, einem Bergsteigertreff seit dem frühen 20. Jahrhundert. Das Turtagrø-Hotel ist auch ein guter Ausgangspunkt für Wanderungen.

▼ Ausblick von Årdalstangen auf den Årdalsfjord

Das Panorama des Sognefjellet ist auf dieser kurzen Strecke atemberaubend. Du blickst auf die noch im Juni verschneiten Hänge des Skagastøltind. Daneben breitet sich das Fortunsdalen aus. Zwischen kleinen Seen und bewachsenen Felsen grasen Schafe, die sich öfter auf die Straße verirren. Eine einzigartige Aussicht bietet auch die mautpflichtige Privatstraße nach Øvre Årdal, die leider zuweilen gesperrt ist. Sie führt über einen 1.300 Meter hohen Pass mit vielen Kehren und erlaubt einen unvergleichlichen Blick ins Hurrungane-Massiv.

Die Landschaftsroute Sognefjellet verläuft zudem zwischen Lom und Gaupne. Die über einhundert Kilometer lange Strecke zeigt die herrliche Gebirgslandschaft ebenfalls von ihrer wildesten Seite. Ein erheblicher Teil dieser Strecke führt direkt am Sognefjord entlang. Der Tindevegen ist eine weitere schöne Bergstraße zwischen Turtagrø und Årdal. Sie führt auf einer Strecke von 32 Kilometern vom Jotunheimen zum Sognefjord.

▾ Der Sognefjord der längste und tiefste Fjord Europas

NATUR PUR:

Sommer auf den Lofoten

Die Lofoten sind eine faszinierende Inselkette im Norden Norwegens, die durch den Vestfjord vom Festland abgetrennt ist. Die Inseln sind durch Fjorde und Buchten stark gegliedert und die bis zu tausend Meter hohen Gipfel sind zum Teil vergletschert. Ferdinand Krauss, ein deutscher Botaniker, schrieb vor über 150 Jahren in seinem Buch „Nordlandfahrt“, dass die Inseln wirken, als wäre „ein ungeheures Felsengebirge mit all seinen Hängen und Thälern, Zinnen und Wänden in das Meer gesunken“.

Die Lofoten gehören zur Fylke Nordland. Auf einer Fläche von knapp 1.300 Quadratkilometern leben auf den etwa 80 Inseln gerade mal 24.000 Einwohner. Die bekanntesten Inseln sind Austvågøya, Flakstadøy, Gimsøya, Røst, Skrova, Moskenesøy, Værøy und Vestvågøya. Auf den sogenannten Inseln der Götter leben die Menschen überwiegend in traditionellen Fischerdörfern und ernähren sich vom Kabeljaufang. Künstler und Reisende schätzten schon immer die atemberaubende Stimmung und Einsamkeit auf den Lofoten. Die Lofoten stehen für Naturerlebnisse der besonderen Art. Doch auch das Kulturelle hat hier in den traditionellen Dörfern einen besonderen Stellenwert. Von den Norwegern selbst werden die Lofoten als eines der schönsten Ferienziele gepriesen.

Die erhabenen Lofoten mit der Gemeinde Reine

Lofoten – Anreise und Unterkünfte

Von Oslo gelangst Du mit dem Auto zunächst über Trondheim und Bodø auf der Europastraße 6 zu den Lofoten. Später wechselst Du auf die Europastraße 10, die auch Lofotenstraße genannt wird, und von Fiskebøl im Norden nach Å im Süden führt. Die Lofotenstraße durchquert alle großen Lofoteninseln und streift fast alle Sehenswürdigkeiten. Unterkünfte findest Du entlang der Lofotenstraße zu genüge, ebenso auf den Inseln selbst.

Die Lofoten erleben

Die Lofoten sind die ungezähmten Schönheiten Nordnorwegens und eine der weltweit schönsten Landschaften, die Du gesehen haben musst. In den Weiten des Meeres erheben sich hier unglaubliche Landschaften, die Raum für zahlreiche Aktivitäten in der freien Natur bieten. Du kannst Surfen und an Wildtiersafaris teilnehmen, Seeadler und Orcas beobachten oder auf Pferden die Strände entlang reiten. Wenn Du mutig bist, kannst Du im Meer baden, Angelausflüge unternehmen und sogar Golf spielen ist möglich. Das Hinterland der Küste bietet sich hervorragend zum Wandern an. Die atemberaubenden Blicke von den Bergen aufs Meer und auf benachbarte Inseln wirst Du vermutlich nie vergessen. Und das Schönste ist im Sommer auf den Lofoten, dass die herrlichen Tage einfach nicht enden.

Austvågøya

Die nordöstlichste Insel ist Austvågøya. Sie ist durch den Raftsund von Hinnøya getrennt und besteht aus nahezu unbewohnter, schroffer Bergwelt. Lediglich auf dem schmalen Küstenstreifen gibt es drei nennenswerte Fischerorte: Henningsvær, Kabelvåg und Svolvær. Die Fähre legt in Fiskebøl an. Schon nach kurzer Fahrzeit eröffnet sich die atemberaubende Bergwelt. Im Osten siehst Du den 1.161 Meter hohen Higravstind, den höchsten Berg der Inselgruppe. Bei guter Sicht entdeckst Du vielleicht den Blåskavlen, den größten Gletscher der Inselgruppe. Im Westen taucht bald der nur 2,5 Kilometer lange Trollfjord auf, der 1890 Schauplatz einer wichtigen Schlacht zwischen den Lofotenfischern und modernen Fischereibetrieben war, die zumindest mit einem Teilerfolg für die Fischer endete. Der Fischfang mit Senknetzten ist bis heute im Trollfjord verboten. Im Sommer laden Ausflugsschiffe täglich zu Touren auf dem Trollfjord ein.

> Ein Wasserfall im Trollfjord

▲ Der Ausblick von einem Touristenschiff auf den Trollfjord

Camping und das Mieten von kleinen Ferienhütten sind vielerorts auf den Lofoten möglich. Zum Beispiel am ruhigen Westkap in Lauvik, von wo Du die Mitternachtssonne von Mai bis Mitte Juli besonders gut bestaunen kannst. Svolvær gilt als die heimliche Hauptstadt der Lofoten. Die Stadt mit ihren über 4.000 Einwohnern ist von 800 Meter hohen Bergen umgeben und auf mehrere Inseln und Halbinseln verteilt. Wahrzeichen der Stadt ist der 40 Meter hohe Fels Solværgeita. In der Stadt befindet sich das Künstlerzentrum Nordnorwegen, die sehenswerte Dagfinn Bakkes Galleri und das Krigsminne-Museum.

Kabelvåg und Henningsvær

Kabelvåg verfügt über den größten Fischereihafen des Archipels. Der hübsche Ort mit seinen weniger als 2000 Einwohnern ist eine Augenweide. Die Vågan Kirke im östlichen Zentrum ist die größte Holzkirche Nordnorwegens. Kabelvåg war lange Zeit Zentrum des schon zu Wikingerzeiten bekannten Distrikts Hålogaland, der vor der Christianisierung ein selbstständiges Königreich war. Überreste der großartigen Vergangenheit kannst Du im Lofotmuseet in Storvågan, der ersten Stadt nördlich des Polarkreises, einen Kilometer westlich von Kabelvåg bewundern. In Storvågan, kurz auch Vågan genannt, entstand 1811 das erste Gasthaus der Lofoten. Inzwischen gibt es auf den Inseln sehr zahlreiche, gute Gasthäuser. Um Dein leibliches Wohlergehen musst Du Dich also nicht sorgen.

Henningsvær ist eine typische Fischersiedlung mit gerade mal 500 Einwohnern. Der Ort liegt auf mehreren Inseln, die durch Brücken miteinander verbunden sind. Der idyllische Hafen mit den malerischen Speichern und Packhäusern vor imposanter Bergkulisse wird durch einen breiten Damm geschützt. Henningsvær ist als Urlaubsort unbedingt empfehlenswert.

Vestvågøya und Stamsund

Vestvågøya bezeichnet sich selbst als „vill og vakker“, als wild und schön. Das ist in keiner Weise übertrieben. Urwüchsige Lofoten-Landschaft erstreckt sich bis an den Vestfjord. Die Straßen sind teilweise abenteuerlich eng. Auf der Insel kannst Du die Anlegestelle der Hurtigrute in Stamsund, den Fischerort Steine und das sehenswerte Wikingermuseum in Borg besuchen.

Stamsund ist der führende Fischerort auf den Westlofoten. Anders als die meisten anderen Orte zeichnet er sich durch seine steinerne Bebauung aus. Lediglich das Vandrerhjem, das als die schönste Jugendherberge landesweit gilt, ist aus Holz errichtet. Im Stamsund wurde einst der Branntweinkrieg ausgetragen, als Fischer die verhassten Schmuggler durch die Stadt jagten. Im Sommer wird hier ein Theaterfestival ausgetragen.

Die Orte Fygle und Ballstad sind ebenfalls einen Besuch wert. Fygle schmiegt sich ganz pittoresk an das Ufer. Sehenswert ist die Hol-Holzkirche aus dem 14. Jahrhundert. Gleich neben der

Kirche werden friedliche Lofoten-Pferde vermietet. Zudem lohnt sich ein Ausflug auf die Insel Holsøya. Auf der Insel mit herrlichen Aussichten befindet sich ein interessantes Museum und der größte Wikinger-Friedhof der Welt. Ballstad ist ein Fischerort an der Südspitze. Der Ort liegt auf zwei Inseln im Schatten des mächtigen Ballstadfjell. Im Ort befindet sich die älteste Rorbuer-Anlage der Lofoten mit Stelzenhäusern und Caravanstellplätzen. Von Ballstad aus bietet sich eine genussvolle Wanderung auf die Ballstadheia an.

▼ Eine Rorbuer-Anlage im Nusfjord

Weitere Inseln

Weitere Lofoten-Inseln sind ebenfalls sehenswert, können aber nur erwähnt werden. Flakstadøy bietet schöne Sandstrände. Der hübsche Ort Nusfjord am Südkap gehört zu den meistfotografierten Motiven auf den Lofoten. Moskenesøy ist die südlichste der großen Lofoten, mit einigen malerischen Ortschaften und dem 1.034 Meter hohen Hermannsdalstind. Værøy mit den Resten eines Vulkankraters verfügt über nur wenig flaches Land. Røst ist eine Vogelinsel und der Vorposten der Lofoten im Atlantik.

▼ Das Fischerdorf Hamnøy auf den Lofoten

Der Herbst in Norwegen

høst

Das herbstliche Wetter

Sollte Deine Reise nach Norwegen im Herbst stattfinden, empfiehlt sich vordergründig der Süden des Landes als Reiseziel. Das Festland verliert jetzt deutlich an Wärme, während es am Meer noch recht mild ist. Am äußeren Teil des Oslofjords herrschen im Herbst die höchsten Temperaturen. Die Höchsttemperaturen können im September noch die 15 Grad-Marke überschreiten. Die mittleren Temperaturen liegen im September und Oktober zwischen 5 und 10 Grad Celsius. Im November wird es schon deutlich kälter und die Temperaturen können an manchen Tagen durchaus auf 0 Grad absinken. Mit Regen musst Du im Paradies der Gummistiefel immer rechnen. Ein norwegisches Sprichwort besagt, dass jeder Fjord seinen eigenen Petrus hat.

DER KLASSIKER:

Südostnorwegen am Oslofjord

Für einen entspannten Urlaub am Oslofjord ist die direkte Anreise mit der Fähre von Kiel nach Oslo die schnellste, beste und bequemste Möglichkeit. Es steht Dir frei, ob Du an Oslos dicht besiedelten Feriengebiet am Oslofjord ein typisch norwegisches Ferienhaus mietest oder auf einem Campingplatz eine Übernachtungsmöglichkeit suchst. Campingplätze mit Stellplätzen für Wohnmobile gibt es nahe der Hauptstadt Oslo, aber auch in Drammen südwestlich von Oslo, in Svelvik, in Moss oder in Fredrikstad. Ferienhäuser werden sogar mit Boot angeboten. Du kannst aber auch unabhängig ein Boot mieten oder ein abenteuerlustiges Inselhopping mit Ausflugsschiffen für Deine Reise einplanen.

▼ Der Oslofjord in Norwegen

Solltest Du über den Landweg den Oslofjord ansteuern, erreichst Du ihn über die mautpflichtige Europastraße 6 von Malmø nach Oslo. Ein Tunnel unter dem Fjord von Drøbak nach Storsand lässt Dich schnell an Norwegens Südküste gelangen. Zwischen Moss und Horten verkehrt zudem die Fähre Bastofergen, falls Du am Ostufer Quartier genommen hast und nach Westen und Süden gelangen willst.

▲ Blick auf das Rathaus in Oslo vom Oslofjord aus

Ein Naturparadies im südöstlichen Teil Norwegens

Der Oslofjord erstreckt sich auf einer Länge von 118 Kilometern. Der Meeresarm ist bis zu 300 Meter tief und gilt als Norwegens Visitenkarte. Der Golfstrom fließt am Skagerrak und an der Oslobucht vorbei und sorgt auch im Herbst für milde Temperaturen. Der Herbst als Reisezeit hat den Vorteil, dass das beliebte Feriengebiet jetzt nicht mehr überlaufen ist. Der von bewaldeten Hügeln umrahmte Meeresarm reicht vom 43 Meter hohen Faerder-Leuchtturm bis zum Rathaus von Norwegens Hauptstadt.

Charakteristisch aber eher untypisch für Norwegen sind hier die Tausenden kleinen Inseln und die Millionen kahler Schären, die das Binnenmeer umrahmen. Der südliche Oslofjord ist in weiten Teilen naturbelassen. Erst hinter Drøbak, wo die Bucht kaum 1.000 Meter breit ist, wird die Küste verkehrsreicher und Siedlungsreicher. Der Oslofjord ist in erdgeschichtlicher Hinsicht kein Fjord, sondern eine Förde. Er ist zudem der einzige Fjord in Norwegen, der im Winter zufrieren kann.

Tonsberg im Westen des Oslofjords und Sarpsborg im Osten sind die ältesten, über tausendjährigen Städte des Landes. Neben atemberaubender Natur und faszinierenden Ausblicken aufs Wasser bietet der Oslofjord auch viele kulturelle Highlights.

Spannende Wanderungen und Tagesausflüge

Die Wege am Oslofjord sind wie geschaffen zum Wandern und auch mit dem Rad bist Du hier gut unterwegs. Der Herbst färbt das Laub malerisch rot und golden und das Wasser glitzert in der Sonne. Der Startpunkt für eine Wanderung kann zum Beispiel die Station Frognerseteren der Osloer Metro sein. Von dort ist der König Olav Pfad nicht weit, der durch wundervollen Wald an magischen Seen entlangführt. Ein lohnendes Ziel ist der Gipfel des Vettakollen, der einen überwältigenden Blick über Oslo und den Oslofjord bietet. Neben der einmaligen Natur sind die kleinen Städte am Fjord und ihre Umgebung ausgedehnte Besuche und Tagesausflüge wert.

▾ Ein kleiner See entlang des Oslofjords im Herbst

Die Halbinsel Svelvik und Drammen

Die Halbinsel Svelvik ist südlich von der Stadt Drammen gelegen. Du fährst etwa 20 Kilometer auf der RV 319 am Fjordufer entlang. Die abgeschiedene Halbinsel ist ein Naturschutzgebiet mit einem idyllischen Campingplatz und eine Oase der Ruhe für stressfreie Urlaubstage zum Wandern. Eine winzige Fähre setzt zu Halbinsel Hurum über, die ebenfalls erkundet werden kann.

Drammen mit über 60.000 Einwohnern ist die Hauptstadt der Fylke Buskerud. Die Ferienstadt unweit von Oslo ist der Geburtsort des Linie-Aquavits. Das Bragernes Kai wurde ebenso wie die edle Hafenpromenade neugestaltet. Die Stadt ist attraktiv an der Mündung des Drammenselva gelegen, der als lachsreichster Fluss Südnorwegens gilt. Eine Attraktion des Städtchens ist der Hausberg Bragernesåsen. Vom Gipfel kannst Du die nahezu unberührten Halbinseln Svelvik und Hurum, die Stadt und den Fjord bis hin zur Südküste überblicken. Auf dem Berg finden sich ein Restaurant mit Aussichtsterrasse, ein Freilichtmuseum und ein Umwelt- Informationszentrum. Zudem wird der Berg von einem Netz aus Naturlehrpfaden sowie Wander- und Spazierwegen überspannt. Übernachtungsmöglichkeiten bieten sich hier in Hotels oder auf dem Campingplatz an.

Drøbak

Das Fjorddorf Drøbak versprüht einen beinahe großbürgerlichen Charme. An einem kleinen Hafen gruppieren sich alte Kapitänshäuser mit uralten Läden für Seglerbedarf. Darüber in den bewaldeten Hängen erheben sich die hölzernen Villen der Gutbetuchten. Drøbak war einst der Winterhafen Oslos, denn bis zu diesem Abschnitt blieb der hier nur tausend Meter breite Fjord eisfrei. Auch als Künstlerdorf machte sich der Ort einen Namen. Übernachtungsmöglichkeiten bietet unter anderem das Reenskaug Hotel.

Fredrikstad

Fredrikstad an der Ostseite des Oslofjords bietet sich für eine ausgedehnte Visite an. Besonders sehenswert ist die Altstadt (Gamlebyen), ein von einer Festung aus dem 17. Jahrhundert geprägter Stadtteil. Den neuen Stadtteil der Industriestadt mit rund 40.000 Einwohnern jenseits des Flusses Glomma kannst Du auf der RV 110 schnell durchqueren. Über eine 40 Meter hohe und über 800 Meter lange Brücke (Fredrikstad Bru) gelangst Du in die gut ausgeschilderte Altstadt. Ein künstlich angelegtes Grabensystem trennt sie vom Fluss. Zwischen gepflasterten Gassen und uralten, bewohnten Häusern fühlt man sich hier in vergangene Zeiten versetzt.

In den alten Gemäuern ist gut zu speisen. Die Antiquitätenläden, Boutiquen und Kunstgewerbeläden laden zum Bummeln ein. Im Proviantshaus, im Artilleriehof, in der Kalenderkaserne und im Stadtmuseum erfährst Du Spannendes über die Geschichte der Stadt. In der Umgebung von Fredrikstad liegt das Schärenparadies Hvaler an der Seegrenze zu Schweden mit idyllischen Häfen, der Hvaler Kirche auf der Insel Kirkoy und dem Küstenmuseum. In Borge auf halbem Weg nach Sarpsborg, einer Stadt mit einem Wasserfall, findest Du das Geburtshaus des Polarforschers Roald Amundsen.

▼ Die Altstadt von Fredrikstad erhebt sich über dem Fluss Glomma

▲ Der Schildpatt Platz in Fredrikstad mit der Statue des Gründers

STÄDTETRIP:

Auf nach Oslo

Oslo ist die grüne Hauptstadt am Fjord. Mit ihren zahlreichen Attraktionen und Sehenswürdigkeiten ist Oslo eine ausgedehnte Städtereise wert und selbst in zwei Wochen wirst Du die Schöne im Norden nicht vollständig erkundet haben. Natürlich sind von Oslo aus, Ausflüge in das Gebiet um den Oslofjord oder ins nördliche Umland möglich. Du kannst Dich aber auch ausschließlich auf die Stadt konzentrieren, in der der Fjord seinen Endpunkt am imposanten Rathaus Oslos findet.

Die Hauptstadt Norwegens – Anreise und Unterkünfte

Oslo punktet im Herbst mit noch angenehmen Temperaturen oft im zweistelligen Bereich und ist längst nicht so überlaufen wie im Sommer. Die Anreise erfolgt am einfachsten mit der Fähre von Kiel aus. Für Übernachtungen und Camping gibt es

zahlreiche Möglichkeiten. Neben Hotels, und Pensionen bietet sich Bogstad Camping an. Der Campingplatz ist herrlich gelegen zwischen Holmenkollen-Schanze und Bogstadsee. Er ist ganzjährig geöffnet und bietet neben ausreichend Stellplätzen für Wohnmobile auch Hütten zur Miete an. Mit öffentlichen Verkehrsmitteln gelangst Du schnell in die City.

Eine Stadt mit bewegter Geschichte

Oslo wurde um das Jahr 1048 an einem alten Handelsplatz vom „letzten Wikinger" Hardrade gegründet. Nur wenige Jahre später wurde die Stadt zum Bischofssitz. Bereits im 13. Jahrhundert wurde Burg Akerhus erbaut und Oslo erlebte als Hauptstadt Norwegens eine erste Blütezeit. Nach verheerenden Bränden im 16. Und frühen 17. Jahrhundert ließ Christian IV. von Dänemark und Norwegen die Stadt neu errichten und nannte sie Christiania (spätere Schreibweise Kristiania). Mit der Eigenständigkeit Norwegens erhielt Oslo 1924 seinen alten Namen zurück, der ursprünglich Ásló lautete und „Wiesenebene am Wasser" bedeutet. Heute ist Oslo eine moderne, innovative und lebendige Stadt mit mehr als 700.000 Einwohnern.

▾ Ausblick vom Holmenknollen dem „Balkon Oslos" auf die größte Metropole Norwegens

▲ Die Moderne spiegelt sich besonders in der Architektur der Stadt

Oslo entdecken – die Schöne des Nordens

Für Deinen Urlaub in Oslo besorgst Du Dir am besten den Oslo Pass (OsloKortet). In der nicht gerade preiswerten Stadt ist dieser Pass ein echtes Schnäppchen, mit dem Du viel Zeit und Geld sparen kannst. Er enthält freien Eintritt in Museen, kostenlose Nutzung öffentlicher Verkehrsmittel und viele attraktive Rabatte. Oslo liegt nicht nur am Wasser, sondern ist auch eingebettet in grüne Wälder. Das Zentrum schmiegt sich in die Bucht. Die äußeren Stadtteile ziehen sich in die grünen Berghänge hinauf und verlaufen in den umliegenden Wäldern. Die Osloer wissen ihre exponierte Lage zu schätzen und nutzen sie reiflich aus. Das Lebensgefühl ist ansteckend und Du wirst Deinen Aufenthalt in vollen Zügen genießen.

⮝ Das moderne Opernhaus in Oslo

Das Zentrum von Oslo

Mit der Erkundung der Stadt beginnst Du am besten im Zentrum. Die berühmteste Meile, die Karl Johans Gate, ist nur eineinhalb Kilometer lang und führt, wie mit dem Lineal gezogen, vom neuen Hauptbahnhof zum königlichen Schloss. Mit ihren zahlreichen Restaurants und Geschäften lädt sie zum Flanieren ein. Als Sehenswürdigkeiten sind hier die prächtige Domkirche, ein 1647 eingeweihter Backsteinbau, das Parlamentsgebäude (Storting) und die Nationalgalerie mit europäischen Kunstwerken aus 2000 Jahren, zu nennen. Weiterhin befinden sich an der Karl Johans Gate das Universitätsgebäude mit seiner Aula, in der bis 1990 die Nobelpreise verliehen wurden, das Nationaltheater und das historische Museum.

⮟ Die Domkirche von Oslo

Weithin sichtbar liegt am westlichen Ende des Karl Johans Gate das königliche Schloss (Slott). Es ist nahbar und nicht umzäunt. Täglich um 13.30 Uhr kannst Du hier den Wachwechsel erleben. Ist auf dem Dach die Flagge gehisst, befindet sich der König in seiner Residenz. Das Schloss ist ebenso wie der große Park zugänglich für Besichtigungen. Lediglich im Juli hat es an den Geburtstagen des Königspaares für zwei Tage geschlossen.

▲ Der königliche Palast in Oslo

Sehenswertes und Spannendes am Hafen

Das Rathaus sticht zuerst ins Auge, vor allem wenn Du Dich Oslo vom Wasser her näherst. Mit der Errichtung des Gebäudes wurde in den 1930er-Jahren begonnen. Durch den Zweiten Weltkrieg konnte das Radhuset erst 1950 fertiggestellt und genau zur 900 Jahrfeier Oslos eröffnet werden. Du solltest auf jeden Fall in das Rathaus hineinschauen, allein um die Fresken von Anne Grimdalen zur norwegischen Geschichte des 20. Jahrhunderts zu betrachten.

Das erst im Jahr 2005 eröffnete das Nobel Friedenszentrum (Nobels Fredssenter). Es befindet sich ebenfalls direkt am Hafen. Das eindrucksvolle Gebäude im renovierten Westbahnhof, das sich der Geschichte des Nobelpreises und der weltweiten Konfliktforschung widmet, ist der Mittelpunkt eines teilweise noch im Bau befindlichen Museumsensembles.

▲ Das Nobel Friedenszentrum mitten im Zentrum Oslos

Ein äußerst beliebter und belebter Treffpunkt für Einheimische und Gäste ist Aker Brygge. Hier findest Du edle Boutiquen, angesagte Restaurants, Szenebars, Theater und Kinos. Der komplett neue Stadtteil entstand in knapp zehn Jahren, nachdem die Akers Mekaniske Verksted, eine der größten norwegischen Werften, schließen musste.

▲ Das Hafenviertel in Oslo

Die Akerhus Festning ist das zweitälteste Bauwerk Oslos aus dem 13. Jahrhundert. Das Schloss im Inneren der Festung stammt aus dem späten 17. Jahrhundert. Das Garnisionsgelände ist schlicht mit kleinen Häusern bebaut und herrlich begrünt. Die Festung, das Schloss und das Gelände könnenganzjährig besucht werden. Von hier aus hast Du einen einmaligen Blick auf den Fjord, den Hafen, auf Aker Brygge und das Rathaus. Innerhalb der Wehranlage befinden sich vier spannende Museen.

▼ Die Festung Akershus in Oslo vom Oslofjord aus

An Museen hat Oslo ohnehin viel zu bieten. Das beliebte Naherholungsgebiet auf der Halbinsel Bygdøy ist gleichzeitig eine Museumsinsel mit dem Freilichtmuseum Norsk Folkemuseum, dem Wikingerschiff-Museum, dem Norwegischen Seefahrtsmuseum, dem Fram-Museum, dem Kon-Tiki-Museum und dem Holocaustcenter. Bei Deinem Städteurlaub in Oslo solltest Du auch unbedingt das Munchmuseum (Munchmuseet) im Osten der Stadt in der Tøyengata 53 besuchen. Dort erlebst Du weltberühmte Meisterwerke Edvard Munchs, wie „Der Schrei" und „Madonna". In diesem Stadtteil liegt zudem der äußerst sehenswerte Botanische Garten Tøyenhagen, der ganzjährig geöffnet ist.

Sehenswertes im Westen

Auch der Westen der Stadt ist näherer Erkundung wert. Dort steht die älteste Kirche der Stadt, die Gamle Aker Kirke. Sie wurde im Jahr 1080 errichtet und ist das älteste Gebäude Oslos. Sie liegt im idyllischen Bergfjerdingen-Viertel. Unweit der Gamle Aker Kirke ist der Var Frelsers Gravlund. Auf dem alten Friedhof sind Henrik Ibsen und Edvard Munch begraben. Ebenfalls im Westen befindet sich die Vigelands-Anlegget, eine erholsame Anlage mit Monumentalplastiken des Bildhauers Gustav Vigeland. Hier kannst Du in eines der zwei äußerst beliebten Gartencafés einkehren. Ebenfalls im Westen im Frognerpark ist das Bymuseum in einem ehemaligen Herrenhof beheimatet. Es thematisiert die kulturelle und wirtschaftliche Entwicklung Oslos. Einen Ausflug auf den sogenannten Balkon Oslos, den Holmenkollen mit seiner Schanze und den 588 Meter hohen Fernsehturm, solltest Du nicht versäumen, um einzigartige Blicke auf die wunderschöne Stadt zu genießen.

➤ Die Stabkirche Gol in Oslo

GEHEIMTIPP:

Orcas und Buckelwale beobachten

Für unsere herbstlichen Norwegenreisen haben wir nun doch den Norden in den Blick genommen, um etwas ganz Besonderes zu erleben: Orcas beobachten. Um echte Chancen auf Whale-Watching zu haben, solltest Du Deine Reise nicht vor Anfang November antreten. Die Temperaturen liegen dann in der Kommune Tromsø hoch im Norden Norwegens, welche sich als Ausgangspunkt für Walbeobachtungen anbietet, im Schnitt zwischen plus fünf und minus drei Grad Celsius. Mit Niederschlägen muss im Norden immer gerechnet werden. Die Finnmark und die Umgebung von Tromsø bieten mit ihrer eher kargen Landschaft einmalige Naturerlebnisse. Die Finnmark ist übrigens das Kernland der Samen.

▼ Die Tromø – Brücke verbindet das Zentrum der Stadt mit der Insel Tromsøya

Tromsø – Anreise und Unterkünfte

Den Norden Norwegens erreichst Du mit dem eigenen Auto über die Europastraße 6. Startpunkt ist je nach Ausgangslage Rostock oder Kiel. Du musst mit einer reinen Fahrzeit von mehr als 20 Stunden rechnen. Alternativ kannst Du auch mit dem Flugzeug anreisen. Die Entfernung von Oslo nach Tromsø beträgt mehr als 1.600 Kilometer. Zum Übernachten bieten sich in der kühleren Jahreszeit in Tromsø mehrere Hotels an, etwa das Scandic Hotel oder das Grand Nordic Hotel. Alternativ kannst Du bei Tromsø Camping eine urige Hütte mieten oder einen Stellplatz für Dein Wohnmobil finden.

Das Tor zur Arktis erkunden und entdecken

Tromsø ist mit seiner Universität nach Spitzbergen die nördlichste Universitätsstadt Norwegens. Die Stadt bietet einige Superlativen, mit dem nördlichsten Botanischen Garten, der nördlichsten Brauerei, der nördlichsten Wasserrutsche und dem nördlichsten Rockcafé. Zuweilen wird die Stadt mit ihren knapp 80.000 Einwohnern auch als „Paris des Nordens" oder „Paradies des Nordens" bezeichnet, was freilich etwas übertrieben ist. Ihre Lage mitten im Meer umgeben von schneebedeckten Bergen ist ausgesprochen reizvoll. Tatsächlich gibt es in Tromsø zahlreiche Kneipen, Cafés und Bars. Das ist wohl darauf zurückzuführen, dass die Bewohner hauptsächlich in der helleren und wärmeren Jahreszeit das Leben feiern und genießen. Im Winter herrscht hier jedoch drei Monate lang Dunkelheit und Kälte.

Tromsø liegt etwa 340 Kilometer nördlich des Polarkreises auf derselben geografischen Breite wie der Norden Alaskas. Die Stadt umfasst die Inseln Tromsøya und Kvaløya sowie einen Teil des Festlandes, Teile der Inseln Ringvassøya, Rebbenesøya und weitere kleine Inseln. Aufgrund des Golfstroms sind die Wassertemperaturen im Herbst und Winter recht mild. Tromsø entwickelt sich immer mehr zu einer Festivalmetropole. Die Bandbreite reicht von Rockmusik und Straßentheater über Volksmusik hin zu klassischen Konzerten. Vor allem im Sommer ist rund um die Storgata, die Fußgängerzone, allerhand los.

Im Herbst hingegen wird es eher beschaulich sein, da kannst Du dann die Ruhe genießen. Mit einer Fläche von 2.500 Quadratkilometern ist Tromsø die größte Stadt Norwegens und Skandinaviens nördlich des Polarkreises. Die Stadt wurde im Gegensatz zu vielen anderen norwegischen Städten im Zweiten Weltkrieg nicht zerstört. Deshalb konnte sie sich an vielen Plätzen den Charme vergangener Zeiten bewahren. Sie ist jedoch auch modern, innovativ und nicht zuletzt wohlhabend. Tromsø beherbergt Norwegens bedeutendsten Fischereihafen.

▲ Auch in Tromsø finden sich die typischen bunten Häuser

Die Stadt selbst hat allerhand zu bieten. Die größte Attraktion befindet sich allerdings außerhalb der Tromsøya: die 1964 erbaute Eismeerkathedrale (Ishavskatedralen oder Tromsdalen Kirke). Um zu dem einzigartigen Bauwerk zu gelangen, musst Du am besten zu Fuß die wippende Tromsøbrücke überqueren. Die 23 Meter hohe Kathedrale des Architekten Jan Inge Hovig soll die Natur und Kultur der Finnmark widerspiegeln. Eine weitere Attraktion ist die Storsteinen-Seilbahn. Der Eingang zur Gondelbahn zum 420 Meter großen Stein, der ihr den Namen gab, liegt unweit der Eismeerkathedrale. Von der Bahn und dem Felsen aus hast Du einen fantastischen Überblick über die Stadt und den Sund. Weiter Sehenswürdigkeiten sind das Polarmuseum und das Kunstmuseum, der Botanische Garten und die Brauerei Mack, die bereits 1877 gegründet wurde und deren Biere hier ausschließlich getrunken werden. In den Brauhallen finden regelmäßig spannende Führungen und Verkostungen statt.

▼ Die Eismeerkathedrale ist eine evangelisch-lutherische Pfarr- und Seemannskirche

Ursprüngliche norwegische Landschaft im Umland

Empfehlenswert ist eine Fahrt um den Balsfjord, der durch ursprüngliche und weitgehend unberührte Wälder, Felder, Berge und Täler führt. Am Skavberg kannst Du prähistorische Felszeichnungen bestaunen, die etwa 4.500 Jahre alt sind und Elche, Rene sowie kultische Symbole darstellen. In Straumhella oder dem bezaubernden Dorf Sommarøy kannst Du auch Deine Angel auswerfen. Auf dem Rückweg kommst Du am höchsten Berg, dem 1.238 Meter hohen Tromsdaltinden, vorbei. Die Tour erstreckt sich mit einigen Abstechern gut über einen ganzen Tag.

▲ Das kleine Dorf Sommarøy im westen Tromsøs

Auch der 80 Kilometer lange Lyngenfjord ist ein spannendes Ziel. Der Fjord markierte früher die sogenannte „Getreidegrenze". Zu früheren Zeiten gab es jenseits dieser Grenze kein Getreide und infolgedessen kein Brot. Früher wurde daher das Leben auf der anderen Seite als „nicht Lebenswert" angesehen. Andere Grenzen hinsichtlich der Sprachen und der Vegetation bestehen hoch im Norden nach wie vor. Am prächtigen Ufer des Fjords solltest Du das winzige Dorf Skibotn nicht übersehen. Skibotn ist ein traditioneller Handelsort der Samen. Zudem gilt das Dorf als sonnenreichster Ort Nordnorwegens. Nicht weniger beeindruckend ist der Ramfjord, der ebenfalls von Tromsø aus erkundet werden kann. Fahrten ins bezaubernde Reisadal und zum Mollisfossen, einem der höchsten Wasserfälle in Europa, sind absolut empfehlenswert.

▲ Die Lyngen Alpen östlich von Tromsø

Eine unvergessene Walsafari

In Tromsø legt auch die berühmte Hurtigrute mit ihren Postschiffen an. So kannst Du zum Beispiel in vier Stunden nach Skjervøy im Norden und in zweieinhalb Stunden nach Finnsnes im Süden reisen. Für Touristen gibt es recht preiswerte Mitfahrangebote. Zudem legen täglich Schnellboote nach Hammerfest, Finnsnes, Harstad und Narvik ab. Mit etwas Glück sichtest Du vielleicht bei einer solchen Schifffahrt bereits Wale.

In Tromsø sind zudem verschiedene Anbieter für Walsafaris ansässig, etwa „Erlebe Lappland" oder „Whale Watching Tromsø". Die erlebnisreichen Touren dauern in der Regel etwa fünf Stunden. Von einem Hybrid-Katamaran kannst Du die sagenhafte Natur und Küstenkultur der Finnmark erleben und Wale aus nächster Nähe beobachten, die mit den Heringsschwärmen kommen.

Sobald Orcas oder Buckelwale gesichtet werden, wird vom Hybrid- auf den Elektromotor gewechselt, um den beeindruckenden Tieren ganz nahezukommen und sie nicht zu stören. Die unvergesslichen Touren starten in den frühen Morgenstunden, aber das Aufstehen wird sich gewiss lohnen.

▼ Die Orcas durchstreifen die Küste Norwegens von Oktober bis Februar

NATUR PUR:

Zwischen Sunnfjord und Nordfjord

Diese Route führt Dich in südlichere Gefilde. Für Norwegens Süden und die mittleren Regionen sind die Herbstmonate September und Oktober nicht als Reisezeit zu toppen. Nirgendwo gibt es Massenandrang und das herbstliche Licht zeichnet jetzt die Konturen der Landschaft besonders scharf. Das Wetter ist schön und besonders beim Wandern und Klettern ist die frische Brise sehr angenehm. Nachts ist es richtig dunkel und mit Glück kannst Du sogar schon Nordlichter sehen. Nicht zu vergessen ist die überwältigende Laubfärbung. Die Sonne bricht zuweilen durch intensiv rot und golden gefärbte Blätter oder der Regen und Morgentau lässt sie glitzern.

Florø – Anreise und Unterkünfte

Die herbstliche Reise soll Dich nun in das Gebiet zwischen Sunnfjord und Nordfjord führen, das touristisch noch wenig erschlossen ist. Die Möglichkeiten der Anreise nach Oslo und Südnorwegen findest Du weiter vorn im Buch unter „Viele Wege führen nach Norwegen“. Du kannst auch von Kristiansand über die E18 und Rv5 nach Florø fahren oder über die Europastraße 39 die Kristiansand und Trondheim verbindet.

Florø verfügt über einen kleinen Flughafen, der zwei Kilometer südlich des Stadtgebiets liegt. Quartier beziehen kannst Du in einem der drei Hotels. Florø Rorbu bietet direkt am Krokane Kai in einem schönen Holzhaus Wohnungen und Appartements an.

Bei Pluscamp Krokane Camping werden möblierte Hütten vermietet und Du findest im Herbst gewiss auch einen Stellplatz für Dein Wohnmobil.

Die Stadt erleben

Florø ist die westlichste Stadt Norwegens. Sie liegt in der norwegischen Provinz (Fylke) Vestland an der Westküste zwischen der größeren Stadt Bergen im Süden und Ålesund im Norden. Das beschauliche Florø mit seinen rund 9.000 Einwohnern wurde 1860 wegen des Heringsfangs gegründet und ist eine Anlegestelle der Hurtigruten.

Zunächst kannst Du Dich mit der quirligen Stadt vertraut machen, ehe Du von hier zu spannenden Touren in der unberührten Natur aufbrichst. Das Städtchen mit seinen vielen Schären und Inselchen scheint auf den ersten Blick überwiegend aus Schiffen und Booten zu bestehen. Es gibt einige Angebote für Touristen. Im September kannst Du vielleicht noch Tauchtouren unternehmen. Aber auch Kutschfahrten, Angeltouren, Ausflugsfahrten zur stürmischen Insel Kinn mit ihrer Kinna Kyrka, einer charmanten Fischerkirche aus dem 13. Jahrhundert kannst Du unternehmen. Auf geführten Wanderungen kannst Du die atemberaubende Natur erleben. Solltest Du besonderes Interesse haben, musst Du gezielt im Turist-Kontor nachfragen.

Auch eine Schärenrundfahrt mit dem alten Schiff „Svanhild", das am Küstenmuseum (Kystmuseet i Sogn od Fjordane) vor Anker liegt, ist möglich. Im Rahmen eines Tagesausflugs mit dem Auto gelangst Du auf die gegenüberliegende Fjordseite, wo die 4000 Jahre alten Felsbilder von Ausevika zu bestaunen sind. Dabei handelt es sich um über dreihundert Tierabbildungen und Symbole der Jagd.

Sunnfjord

Sunnfjord bezeichnet die Region im Hinterland von Florø zwischen Westküste, Gletscherland, Sogne und Geiranger. Sie wird umrahmt von dem Førdefjord, dem Dalsfjord und deren Verästelungen. Nordfjord ist ebenfalls eine Region etwas nördlicher, die vom gleichnamigen Fjord durchschnitten wird. In die Region Sunnfjord kannst Du über die Europastraße 39, die RV 5 ab Florø oder ab Balestrand am südlich gelegenen Sognefjord über die RV 13 vordringen. Zum Gebiet gehört das wilde Gaularfjell, das sich durch Steilwände, Serpentinen, Bäche, Brücken, Berge und unzählige Wasserfälle auszeichnet.

▼ Ein Bach im Gaularfjellet

Nordfjord

Das Gebiet Nordfjord reicht mehr als einhundert Kilometer ins Landesinnere. Es ist an der breitesten Stelle viereinhalb Kilometer breit. Der Nordfjord selbst ist stark verzweigt und hat zahlreiche Nebenfjorde sowie zu Seen verkümmerte Fjorde. Zu letzteren zählen der Breimsvatn und der Hornindalsvatn, welcher mit einer Tiefe von 514 Metern der tiefste Binnensee Europas ist. Der größte Teil der Wassermassen dieses einzigartigen Sees liegen weit unter dem Meeresspiegel und beim Blick über den See, der von Bergen umgeben ist, kannst Du wunderbare Sonnenuntergänge bestaunen.

An der Fjordmündung liegen die Orte Sandane und Maløy. An den Ufern des Nordfjords und seinen Nebenarmen liegen die bedeutenderen Orte Nordfjordeid, Sandane, Stryn, Leon und Olden. In Maløy, Stryn, Leon und Olden sind Campingplätze zu finden, falls Du einen Tapetenwechsel wünschst. Ein Geheimtipp ist der Campingplatz auf der kleinen Insel Vagsøy, auf der sich ein altes Leuchtturmhaus befindet.

▲ Das Dorf Olden am Faleidfjord

Der Hauptort Nordfjordeid ist primär für Pferdeliebhaber interessant, denn er ist das Zuchtzentrum der Fjordinger-Pferde. Für Sandane solltest Du Dir etwas Zeit nehmen, wenn Du in der Gegend bist. Hier kannst Du im Nordfjord Folkemuseum schöne alte Bauernhäuser und Segelschiffe aus dem 18. Jahrhundert bestaunen und Dich mit der traditionellen Kultur der Region vertraut machen. Bei Sandane fließt der lachsreiche Fluss Gloppen. Auf der anderen Seite des Nebenfjords, an dem der Ort gelegen ist, kannst Du alte Grabhügel entdecken.

▲ Die Fjordingerpferde sollen die Robustheit und das Erbe der Wikinger repräsentieren

Auch in Stryn spielt der Lachsfang im Fluss Strynelv eine wichtige Rolle. Dort befindet sich zudem das Jostedalsbreen Nationalparkcenter. Leon beeindruckt vor allem mit seiner Bergkulisse und den Loenelv, einer der schönsten norwegischen Binnenseen. Im Hintergrund des Sees ist der Kjenndal-Gletscher zu sehen ist. Nahe Olden ist vorrangig der Brikdalsbreen interessant, ein Nebenarm des größten Festlandgletschers Europas, des Jostedalsbreen. Der 23 Kilometer lange Weg am Oldevatnet, der zum Brikdalsbreen führt, ist gut beschildert. Festes Schuhwerk ist hier wie bei allen Wanderungen am Nordfjord ein Muss und auch einen warmen Pullover solltest Du immer im Gepäck haben.

▲ Der Brikdalsbreen Gletscher, ein Nebenarm des Jostedalsbreen Gletschers

Ein Paradies zum Wandern

Das Gebiet Nordfjord ist ein wahres Paradies zum Wandern. Zwischen den gefährlichen Meertiefen vor der Küste und den größten Gletschern des Landes beeindruckt die Region mit ihren dramatischen Küstenlandschaften, gewaltigen Bergmassiven, Lachsflüssen, zauberhaften Tälern und glasklaren, blaugrünen Seen. Die Landschaft verschlägt einem immer wieder den Atem. Durch das abwechslungsreiche Gelände führen mehrere hundert gut ausgeschilderte Wanderwege. Nicht nur vom 1011 Meter hohen Berg Hoven, der mit einem Skilift erschlossen ist, hast Du atemberaubende Ausblicke.

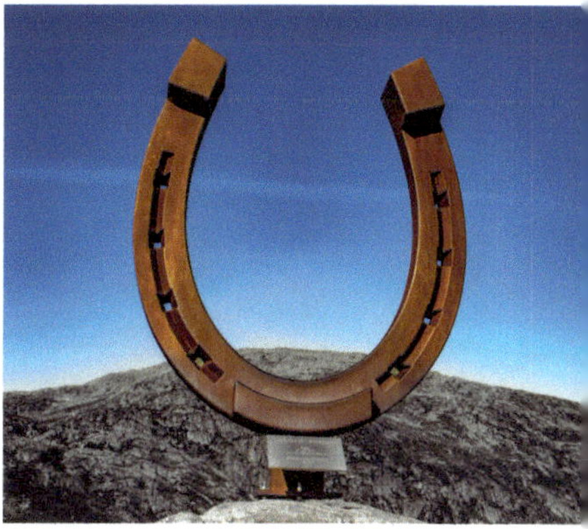

➤ Ein Hufeisen auf dem Berg Hoven soll an Odins Pferd erinnern

Die Region Nordfjord besticht durch eine perfekte Mischung aus wilder Natur und kulturellem Erbe, sowohl an der wilden Küste als auch im Inneren der Region. Einen krönenden Abschluss Deiner Reise könnte ein Besuch des Wikinger-Zentrums Sagastad bei Nordfjordeid sein, dessen Konzept in Zusammenarbeit mit der Universität Bergen entstand. Hier kannst Du das größte Wikingerschiff besuchen und zur sagenumwobenen Insel Selja herausfahren, auf der weithin die alten Klosterruinen zu sehen sind und wo die Heilige Sunniva begraben sein soll.

▼ Ausblick auf den Fjord Nordfjord von dem Berg Hoven

Der Winter in Norwegen

vinter

Das norwegische Winter – Wetter

Der Winter in Norwegen gilt als die Wikinger-Saison und kann entsprechend rau sein. Allerdings ist das Klima in dem langgestreckten Land recht unterschiedlich. An den Küsten bewegen sich die Temperaturen aufgrund des Golfstroms oftmals um den Gefrierpunkt. Im Landesinneren kann es wesentlich kälter sein. Im Binnenland sind Temperaturen von minus 10 bis minus 20 Grad nicht selten. In besonders kalten Gebieten können die Temperaturen auch auf minus 40 Grad absinken. Eine gute winterliche Reisezeit für die Skigebiete in Südost- und Mittelnorwegen ist Dezember bis März. Im östlichen Landesteil schneit es in der Regel mehr als im Fjordland. Du solltest auf jeden Fall wind- und wasserdichte Kleidung im Gepäck haben. Am besten kleidest Du Dich in Schichten aus modernen Funktionstextilien oder Wolle, die besonders gut wärmt.

KLASSIKER:

Skifahren in Trysil

Im Winter ist Norwegen besonders für Skifahrer die reinste Freude. Die Tage sind kurz, Sie können aber auf den bestens präparierten Skipisten Norwegens ausgiebig genutzt werden. Viel Schnee ist garantiert! Du kannst viele verschiedene Outdoor-Aktivitäten ausprobieren. Neben Schneeschuhwandern, Snowboarden, Snowkiten und klassischem Rodeln kann das auch eine Hundeschlittenfahrt sein. In vielen Skigebieten Norwegens gibt es zudem Fun-Parks, in denen sich Adrenalinjunkies nach Herzenslust ausprobieren und an ihren Tricks feilen können.

Die Norweger selbst lieben den Schnee und die Ruhe des Winters. Archäologische Funde deuten darauf hin, dass sie schon vor 5.000

▼ Das Wintersport Paradies Trysil mit atemberaubender Aussicht

Jahren Skier benutzten. Ein altes norwegisches Sprichwort besagt, dass Norweger mit Skiern an den Füßen geboren werden. Skifahren gehört einfach zur norwegischen Kultur und Geschichte dazu, genau wie die zahlreichen Weihnachtsmärkte, die edle Kunst des Kos, die in weitestem Sinne als Entspannung verstanden wird, die spezielle norwegische Winterküche und der Gang in die heiße, dampfende Sauna.

Winter in Trysil – Anreise und Unterkünfte

Mit der Fähre von Kiel oder Dänemark bist Du schnell am Ziel und kannst Dich direkt ins Vergnügen stürzen. Für einen Winterurlaub kannst Du auch mit dem Flugzeug anreisen und in Norwegen herrliche Zugfahrten durch schneebedeckte Landschaften genießen. Ein klassischer und in bester Weise traditioneller Skiort ist Trysil in der Gebirgsregion Femundsmarka in der Provinz Innlandet. Solltest Du mit dem Flugzeug anreisen, ist der nächste internationale Airport Oslo-Gardermoen. Die Gemeinde unterhält mit Trysilekspressen eine Shuttlebusverbindung, die in der Saison achtmal täglich vom Flughafen zum Skiort fährt. Nicht weit entfernt von Trysil liegt Lillehammer, der Austragungsort der Olympischen Winterspiele im Jahr 1994.

▼ Der Berg Trysil in der Gebirgsregion Femundsmarka

Die Hotels und Hütten liegen in Trysil direkt an den Pisten. Bequemer geht es kaum und auch sonst ist Trysil ein Ort, der Wintersportlern viel zu bieten hat. Bereits im Jahr 1861 wurde hier auf einer Höhe von 1.130 Metern der allererste Skiclub der Welt gegründet. Inzwischen ist Trysil das größte Skisportgebiet Norwegens. Camping ist in Trysil auch im Winter möglich. Der Caravanplatz Trysilfjellet ist ein Stück vom Zentrum des Ortes entfernt, bietet Hütten zur Miete an und ermöglicht einen grandiosen Blick auf den Fjell.

▼ In den Skihotels direkt auf dem Trysil Berg wirst Du wunschlos glücklich sein

Ein Paradies für Wintersport begeisterte

Trysil liegt im Osten Norwegens, direkt an der Grenze zu Schweden. Du erreichst den Ort mit dem Auto, indem Du in Kolomoen die Europastraße 6 verlässt und gen Osten über die E3 bei Elverum auf die RV 25 fährst. Durch Trysil fließt der Fluss

Trysilelva, der stark abfällt, in Schweden unter dem Namen Klarälven weiter verläuft und das längste Flusssystem Skandinaviens bildet. Durch den östlichen Teil Trysils fließt zudem die Ljøra. Im Westen liegt die Gemeinde am See Osensjøen.

Die Kommune nimmt eine Fläche von über 3.000 Quadratkilometern ein. Mehr als 70 Quadratkilometer davon entfallen auf Binnengewässer. Zwischen Tälern erheben sich hier Berge mit Höhen zwischen 500 und über 1000 Metern. Die höchsten Berge liegen im Norden. Die höchste Erhebung ist der 1.208 Meter hohe Tverrfjellet. Im Osten der Gemeinde befindet sich der 2012 ausgewiesene Fulufjellet-Nationalpark. Es erwarten Dich im Skigebiet spannende und abwechslungsreiche Landschaften mit atemberaubenden Aussichten.

In Trysil herrschen wie in der gesamten Region winterliche Temperaturen vor. Das Skigebiet ist für seine besonders lange Skisaison mit Schneegarantie bekannt, die bereits im November beginnt und erst im Mai endet. Die Schneegarantie beschränkt sich in der Vor- und Nachsaison allerdings auf acht der insgesamt 70 Kilometer Abfahrten, aber in dem genannten Reisezeitraum kannst Du mit Sicherheit jeden Kilometer Abfahrt nutzen.

Grenzenloses Skivergnügen

Für Skifahrer bleiben in Trysil keine Wünsche offen. Über 30 Skilifte bringen die Wintersportler zu mehr als 60 Pisten, wobei 11 Abfahrten als sogenannte schwarze Pisten mit erhöhten Schwierigkeitsgraden gelten. Neben anspruchsvollen Abfahrten für Fortgeschrittene finden sich einfache Pisten für Anfänger sowie erfahrene und freundliche Skilehrerinnen und Skilehrer, die mit der Kunst des Abfahrtslaufs vertraut machen.

Mit dem Toppekspress wurde im Jahr 2006 ein Luxus-Sessellift in Betrieb genommen. Er verfügt über beheizbare Sitze und einen fast geschlossenen Windschutz, sodass Du warm und wohlbehalten auf den Berg gelangst und den Panoramablick genießen kannst. Für den Skipass zahlst Du pauschale Tages- oder 9-Tage-Preise. Kinder bis zu sieben Jahren gelangen mit Ski- und Schleppliften gratis auf die Berge. Auch für die Skischule gilt für Drei- oder Fünftageskurse ein fester Preis.

▼ Auf Skiern kannst Du die Landschaft Rund um Trysil erkunden

Ausflug in die Umgebung

In Trysil selbst sind die Kirchen zu bestaunen, besonders die hölzerne Trysil Kirke mit ihrem kreuzförmigen Grundriss aus dem Jahr 1861. Einen Besuch wert ist auch das Trysil/Engerdal Museum, ein Freilichtmuseum mit mehreren Standorten, das in Trysil bereits 1901 gegründet wurde und Sehenswertes zur Regionalgeschichte zeigt. Mit Langlaufski kann die Gegend und die spannende Natur rund um Trysil auf bestens gespurten Loipen erkundet werden.

Es lohnt sich aber auch, auf gut geräumten Straßen mit dem Auto benachbarte Ortschaften anzusteuern. Nicht weit entfernt liegt etwa der kleine Ort Rena an der Mündung der Rena in die Glomma. In Rena finden alljährlich internationale Skispringen und der Start des traditionellen Skirennens Birkebeinerrennet mit Ziel Lillehammer statt.

Zwischen Rena und Trysil liegt der Femundsee, der auch im Winter und bei Sturm seinen Reiz hat. Am See sind Adler und Elche zu Hause. Auch Braunbären wurden schon am Ufer gesichtet. Am Ostufer bei Elgå lassen die Samen Rentiere weiden. Zudem werden am See die Strauchflechten gesammelt, die von Rena aus in die ganze Welt exportiert werden. Eine Moschusochsenherde weidet ebenfalls am See.

STÄDTETRIP:

Auf ins winterliche Bergen

Unsere längere Städtereise im Winter führt nach Bergen, der zweitgrößten Stadt Norwegens. Bergen hat im Winter ein gemäßigtes und mildes Klima. Die winterlichen Temperaturen liegen in der attraktiven Stadt am Byfjord meist um die fünf Grad Celsius. Selten sinken sie unter null Grad ab. Wie überall in Norwegen solltest Du auch in Bergen an regenfeste Kleidung denken.

▼ Die Stadt Bergen im Winter

Bergen – Anreise und Unterkünfte

Nach Bergen gibt es von Frankfurt am Main und Berlin Direktflüge. Du kannst auch mit dem Auto oder dem Wohnmobil über Hirtshals nach Kristiansand übersetzten. Natürlich kannst Du auch direkt mit der Fähre von Hirtshals (Dänemark) nach Bergen übersetzen.

In Bergen und Umgebung findest Du zahlreiche Übernachtungsmöglichkeiten für alle Ansprüche in Hotels, Pensionen, Jugendherbergen und auch auf Campingplätzen mit Stellplätzen für Wohnmobile, etwa im 15 Kilometer vom Stadtzentrum entfernten Bergen Camping Park.

Das Tor zum „Fjordland"

Bergen ist nicht die älteste Stadt Norwegens, aber zweifellos die schönste. Davon sind die Einwohner der Stadt selbst überzeugt und halten sich für die wahren Hauptstädter. Bergen liegt in der Provinz Vestland und hat etwas weniger als 300.000 Einwohner. Die Stadt erstreckt sich auf einer Fläche von rund 465 Quadratmetern. Wie alle norwegischen Großstädte ist Bergen recht kompakt und lässt sich gut zu Fuß erkunden. Bergen ist zudem die einzige norwegische Großstadt, die sich mit einem UNESCO-Weltkuturerbe-Titel schmücken kann.

▼ „Die schöne am Byfjord" im Winter

Die Stadt Bergen wird häufig als „das Tor zum Fjordland“ bezeichnet. Tatsächlich kann die Stadt als Startpunkt für Streifzüge in die Fjorde und das Hinterland genutzt werden. Bergen nur als Durchreisestation zu nutzen, wäre einfach zu schade, denn „die Schöne am Byfjord“ hat viel zu bieten.

Die von Wasser umspülte Stadt blickt auf eine bewegte Geschichte zurück. Sie hat einen einzigartigen Charme und ist eingebettet in atemberaubende Natur, die Du ohne lange Anreise gleich mit erkunden kannst. Kurz, die Universitätsstadt ist es wert, ihr eine eigene Reise zu widmen. Im Winter fallen außerdem die zahlreichen Touristen weg, die Bergen nur zur Durchreise nutzen.

Bergen ist berühmt für seine grandiosen Sonnenuntergänge. Berüchtigt hingegen ist sie für ihre Niederschläge. Aber das sollte Dich nicht abschrecken. Falls Du Deinen Schirm einmal vergessen haben solltest, kannst Du überall in der Stadt an Automaten Regenschirme kaufen. Der häufige Regen lässt die Vegetation so üppig wachsen wie sonst nirgends in Norwegen. Von der sommerlichen Blütenpracht ist im Winter nicht viel zu spüren, aber vielleicht kommst Du ja mal wieder, um dann weiter ins Fjordland zu reisen.

Stadtgeschichte – Vom Mittelalter bis zum UNESCO-Weltkulturerbe

Der Name Bergen geht auf die altnorwegische Bezeichnung Bjørgvin zurück, die so viel wie Bergweide bedeutet. Bergen ist zum Meer hin durch zahlreiche Schären und Inseln geschützt. Im Hinterland wird die Stadt von sieben Fjellhöhen abgeschirmt. Zwei von ihnen sind bewohnt und können mit einer Standseilbahn befahren werden. Das historische Zentrum konzentriert sich auf die Halbinsel Nordnes und die Wasserarme mit ihrer schmalen Bebauung. Der Stadtkern ist um den Naturhafen Vågen herum angelegt. Alle Sehenswürdigkeiten erreichst Du im Umkreis von zwei Kilometern und bis damit kaum auf öffentliche Verkehrsmittel oder das Auto angewiesen.

⮝ „die schöne am Byfjord" verliert auch im Winter nicht ihren Charme

Offiziell wurde Bergen im Jahr 1070 von König Olav Kyrre gegründet, doch schon davor siedelten hier Menschen, die vom Handel mit Stockfischen lebten. Schifffahrt und Handel haben Bergen reich gemacht. Könige, Adel und der Klerus fühlten sich bald von der Stadt angezogen. Im 13. Jahrhundert war Bergen die größte Stadt Nordeuropas. Sie zählte fast 40.000 Einwohner, von denen etwa die Hälfte aus deutschen Gebieten stammte. Mitte des 14. Jahrhunderts kamen noch einmal norddeutsche Kaufleute hinzu, die in Bergen ein Hansekontor gründeten. Das Kontor gehörte mehr als 400 Jahre zu den wichtigsten Stützpunkten der Hanse.

Als sich die Hanse zurückzog, blieb Bergens wirtschaftliche Vormachtstellung unangetastet. Alle Fischfänge aus Nord- und Westnorwegen durften nur über den Hafen von Bergen ausgeführt werden. Bergen blieb bis ins 19. Jahrhundert die größte Stadt Norwegens. Die Stadt und das Hafenviertel Bryggen wurden im Laufe der Jahrhunderte dreimal durch verheerende Brände zerstört. Bryggen wurde jedoch immer wieder nach den originalen Plänen aus dem 12. Jahrhundert aufgebaut. Als bestes Beispiel hanseatischer Baukunst wurde das Hafenviertel Bryggen (Deutsch: Ladungsbrücke, Kai) im Jahr 1979 zum UNESCO-Weltkulturerbe erklärt.

▲ Der typische „hanseatisch“ Baustil im Hafenviertel der Stadt Bergen

Sehenswertes im Zentrum Bergens

Das heutige Bryggen mit den 280 hölzernen Hansehäusern wurde früher vielseitig genutzt. Neben Kontoren beherbergten die Häuser auch Wohn- und Lagerräume. Gekocht und gefeiert wurde wegen der Brandgefahr allerdings in der Schøtstuene am Ende der Häuserzeile direkt neben der reich ausgestatteten Marienkirche, welche wie das Bryggen Museum, die Håkonshalle, das Bergenhus Festningsmuseum und der Rosenkrantz-Turm zur Bergenhus-Festung gehören. Die schön gelegene Festung ist eine der ältesten Festungen Norwegens mit Teilen aus dem 12. Jahrhundert. Ebenfalls sehr sehenswert ist das Hanseatische Museum, der Platz Torgallmenningen mit dem Kaufhaus Sundt und dem Sjømannsmonumentet sowie das Murhvelvingen, ein 1561 errichtetes historisches Gebäude, das heute als Museum genutzt wird.

Sehenswertes um Bergen herum

Zum 320 Meter hohen Hausberg Fløyen solltest Du allein wegen der Aussicht auf die Stadt und den Fjord hinauffahren. Die Talstation befindet sich in der Nähe des Fischmarkts. Der fast doppelt so hohe Berg Ulriken ist ebenfalls ein Muss, denn er bietet eine noch viel größere Aussicht. Vom 642 Meter hohen Panoramaberg hast Du einen fantastischen Rundblick auf die Umgebung der Stadt mit ihren zahlreichen Inseln, Schären und Höhenzügen.

Gamle Bergen musst Du ebenfalls gesehen haben. Dabei handelt es sich um einen Museumsstadtteil mit 40 Holzhäusern am nördlichen Stadtrand, der spannende Einblicke in das frühere städtische Leben gibt. Gut Damsgård und das Landhaus Alvøen sind interessante Herrenhäuser aus dem 19. Jahrhundert. Bei Gamlehaugen handelt es sich um ein um 1900 errichtetes Herrenhaus, welches die königliche Familie bei Aufenthalten in Bergen als Residenz nutzt. Ebenfalls sehenswert ist das Bergen Aquarium und die Rasmus-Meyer-Sammlung mit Bildern bekannter norwegischer Maler. Deine Zeit im herrlichen Bergen wird gewiss wie im Fluge vergehen, zumal sich auch Ausflüge ins Umland anbieten, beispielsweise zur Grieg-Villa am märchenhaften Nordås-See.

GEHEIMTIPP:

Winter am Hardangerfjord auf den Spuren der Eiskönigin

Als etwas ruhigeres, besinnlicheres und deshalb gerade inspirierendes drittes Reiseziel haben wir uns den Hardangerfjord und seine Umgebung jenseits der Wintersportzentren ausgesucht. Der 179 Kilometer lange Wasserlauf mit seinen außergewöhnlich breiten Ufern und die Landschaft ringsherum mit ihren berühmten Felsformationen verströmen gerade im Winter eine einzigartige, eisige Magie. Auf den Spuren von Disneys Eiskönigin Elsa und ihrer Schwester Anna kannst Du den Fjord erkunden.

Die Kulisse des selbst im Mai noch schneebedeckten Hardangervidda mit seinen bizarr geformten Felsenwänden, den glatt geschliffenen Felsen im Wasser und den bunten Fischerdörfern regen die Fantasie an. Das nutzte auch das Kreativteam von Disney. Es verbrachte erhebliche Zeit in Norwegen, um sich von der Landschaft und Kultur für seine Eiskönigin-Filme anregen zu lassen. Neben den Fjorden, Fjellen und Bergen lieferten die mittelalterlichen Stabkirchen, die Festung Akershus in Oslo, die norwegische Folklore, die norwegischen Mythen, der viele Schnee und die Kultur der Samen beste Inspiration.

⮝ Das Dorf Odda am Sørfjord unterhalb des Folgefonna Gletschers

Hardangerfjord – Anreise und Unterkünfte

Wenn Du von Kiel aus mit der Fähre nach Norwegen übersetzt, ist Deine erste Station Oslo. Von der Hauptstadt des Landes fährst Du gen Westen auf der Europastraße E 18 durch Drammen und biegst auf die E 134 ab. Der Europastraße 134 folgst Du bis nach Steinaberg bru, wo Dich bereits auf der E 13 befindets. Du folgst der Europastrße noch einige Kilometer bist Du das kleine Dorf Odda erreichst. Von Odda aus kannst Du weiterhin der E 13, entlang dem Ost-Ufer des Hardangerfjord bis zur Hardangerbrua folgen und ihn weiter über Kierland und Folkedal umrunden.

⮟ Die „Hardangerbrua" war 2009 die längste Hängebrücke Norwegens

Zum Übernachten in Hotels, Pensionen oder urigen Hütten eignen sich Ortschaften wie Kvam und Ulvik an der Nordseite des Fjords oder Eidfjord, Ullensvang und Sveio an der Südseite. Der kleine Ferienort Odda am inneren Ende des Sørfjords, in dem im vorigen Jahrhundert noch der Adel und das Großbürgertum seine Sommerfrische verbrachte, ist auch heute noch als Ziel für Touristen zu empfehlen.

▲ Das Dorf Eidfjord am Nebenarm des Hardangerfjord im Winter

Ganz besonders übernachtest Du in Utne, einem Dorf an der Nordspitze der Halbinsel Folgefonn. Utne ist landesweit wegen seines alten, traditionsreichen Hotels bekannt. Die über 250 Jahre alte Herberge verströmt mit ihren Gobelins, Kaminen und knarrenden Dielen den Charme vergangener Zeiten. In Utne steht die sogenannte Brureika, eine tausendjährige Stieleiche, die im Jahr 2007 zum größten Baum Norwegens gekürt wurde. Das Hardanger Folkemuseum im Dorf ist zudem das älteste Volkskundemuseum in der Region.

Das Hardangerland – im winterlichen Land der Eiskönigin

Der über 800 Meter tiefe Fjord liegt an der Südwestküste Norwegens im Fylke Vestland. Seine tiefste Stelle befindet sich auf der Höhe von Norheimsund etwa auf halber Strecke zum Meer. Sie ist 893 Meter tief. Der Hardangerfjord südlich von Bergen und westlich von Oslo ist der zweittiefste und zweitlängste Fjord Norwegens. Während ab Frühjahr ein wahrer Pilgerzug auf die von Obstbäumen bewachsenen Fjordufer stattfindet, hast Du die Landschaft im Winter weitgehend für sich allein.

Der westliche, dem Atlantik zugewandte Teil des Hardangerfjords wird Bømlafjord genannt. In diesem Teil liegen auch einige größere Inseln. Der Hardangerfjord erstreckt sich vom Südwesten Richtung Nordosten ins Landesinnere. Die größeren Inseln im inneren Fjord sind Halsnøy und Varaldsøy. Größere Nebenfjorde sind der Eidfjord, der Sørfjord und der nördliche Fyksesund.

Das Hardangerland profitiert vom Golfstrom. Die Sommer sind außerordentlich mild und auch im Winter sind die Temperaturen angenehm. An den Hängen des Hardangerfjords und seines südlichen Nebenarms, dem Sørfjort, bauten schon die Mönche im Mittelalter Obst an. Sie kamen aus dem Utstein-Kloster bei Stavanger. Das Hardangerland kann als der Ursprung des norwegischen Tourismus bezeichnet werden. Bereits um 1900 legten hier zahlreiche Hotelschiffe an. Im Ort Odda wurden vor über hundert Jahren jährlich an die 15.000 Sommergäste gezählt. Unter ihnen befand sich auch der deutsche Kaiser Wilhelm. Im Winter freilich ist von dem Trubel nichts zu spüren.

Spannende Wanderungen

Eine Wanderung zur berühmten Trolltunga, der Trollzunge, solltest Du im Winter nur mit einem Führer unternehmen. Der Guide stattet Dich mit der richtigen Ausrüstung aus und zeigt Dir die sicherste Route. Die Trollzunge ist eine zehn Meter lange Felsnase, die sich von fünf Metern Höhe zur Spitze hin bis auf wenige Zentimeter verjüngt. Die Spitze liegt 700 Meter über einem künstlich angelegten Stausee, dem „Ringedalsvatnet“ und ist nicht durch ein Geländer gesichert. Höhenangst solltest Du beim Betreten besser nicht haben. Das Naturwunder befindet sich zehn Kilometer nordöstlich des Ortes Odda. Wenn Du genug Zeit und Muße mitbringst, kannst Du die Nacht auch nahe der Trolltunga in einem gemütlichen Luxuszelt verbringen und den einmaligen Nachthimmel sowie einen fantastischen Sonnenuntergang und Sonnenaufgang erleben.

▲ Die Trolltunga im Winter

Ebenfalls nahe Odda befindet sich der Gletscher Folgefonna im gleichnamigen, 2005 gegründeten Nationalpark. Der Folgefonna ist der südlichste und drittgrößte Gletscher Norwegens. Zur einzigartigen Gletscherlandschaft auf über 500 Quadratkilometern gehören auch der Bondhusbreen und der glasklare Bondhus-See. Westlich von Odda führt ein recht anspruchsvoller Wanderweg zur Buarbreen, einem Teil des Folgefonna. Erkundige Dich im Winter besser vor Ort, ob er begehbar ist.

Ein attraktiver Ausgangspunkt für spannende Wanderungen ist der Ort Kinsarvik, der in einer idyllischen und geschützten Bucht zwischen Sør- und Eidfjord liegt. Eine Wanderung zu den vier Wasserfällen in vier Stunden ist unbedingt zu empfeheln. Die beliebte Wanderroute erfordert gute Kondition und Wanderausrüstung. Sie beginnt am alten Kraftwerk des Tveitafossen, des ersten Wasserfalls. Die anspruchsvolle Route ist mit einem roten T markiert. Die Tour kann mit dem Auto abgekürzt werden. Für Wohnmobile sind die serpentinenreichen Passagen jedoch ungeeignet. Die winterlichen Wasserfälle sind aber allemal die Mühen einer ausgedehnten Wanderung wert. Neben den vier Wasserfällen sind die Highlights der Wanderung durch alte Kiefernwälder, eine malerische Alm mit zwei Almhütten und die herrlichen Aussichten über den Hardangervidda Nationalpark.

Der Hardangerfjord ist im Winter spektakulär und ausgesprochen ruhig. Idyllische und verschneite Dörfer sind wie in einer Filmkulisse von weißen Bergen umgeben. Auch kleine Dörfer wie Lofthus und Rosendal bieten sich zum Übernachten an. In der Nähe von Eidfjord und Odda warten spannende Aktivitäten auf Dich.

▼ Das beschauliche Dorf Odda am Sørfjord

WINTER IN NORWEGEN:

Polarlichtern auf der Spur

Was wäre der Winter in Norwegen ohne die berühmten Polarlichter, die sich vor allem am arktischen Himmel in Nordnorwegen zeigen. Im Norden Norwegens ist es vom Spätherbst bis ins zeitige Frühjahr hinein vom frühen Nachmittag bis zum späten Vormittag dunkel. In dieser Zeit zeigen sich die faszinierenden Nordlichter am weiten Himmel. Der grenzenlose Sternenhimmel wird in unglaubliche Farben getaucht. Das sind magische Momente, die Du nie vergessen wirst.

Nordlichter werden auch als Aurora borealis bezeichnet und entstehen durch den Zusammenstoß elektrisch geladener Sonnenteilchen, die in unsere Atmosphäre eindringen. Sie scheinen einer ganz eigenen Choreografie zu folgen. Wie ein Ballett erleuchten sie den Himmel in Pink, Violett und Grün. Das Naturphänomen ist nicht vorhersagbar, aber auf Deiner Schiffsreise im Winter ist die Wahrscheinlichkeit groß, dass Du es erleben wirst. Nordlichter können Dir auf der gesamten Reise begegnen.

Neben der Magie am Himmel erlebst Du in Nordnorwegen eine einmalige Landesnatur. Tiefe Fjorde, zahllose Inseln und hohe schneebedeckte Berge bieten eine einzigartige Kulisse für das Phänomen, das sich am Himmel abspielt. Neben lebendigen Städten mit Bars, Restaurant und kulturellen Sehenswürdigkeiten finden sich an der abwechslungsreichen Küste zahlreiche kleine, malerische Fischerdörfer. Auch auf dem Meer spielt sich allerhand ab. Nicht selten sind Wale am Horizont zu sehen, die gerade im Winter den Heringsschwärmen in Küstennähe folgen.

▲ Die Polarlichter im Norden Norwegens

Eine der schönsten Seereisen der Welt

Um das alles hautnah zu erleben, empfehlen wir Dir eine der weltweit schönsten Seereisen. Tag für Tag seit nunmehr über hundert Jahren verkehren die berühmten Postschiffe der Hurtigrute zwischen Bergen und Kirkenes auf der sogenannten Reichsstraße 1. Etwa 2.500 Seemeilen legen die Schiffe auf dem Weg zum äußersten Nordosten des Landes zurück und legen dabei an über 30 Häfen an. Die Pünktlichkeit der insgesamt 14 Schiffe, die ursprünglich nicht als Kreuzfahrtschiffe für Touristen gedacht waren, ist legendär.

Die Hurtigrute wurde im Jahr 1893 vorwiegend gegründet, um die Küstenbewohner zu transportieren und mit den notwendigen Gütern zu versorgen. Dass auf den Schiffen bis heute die für Kreuzfahrtschiffe üblichen Animationsprogramme fehlen, ist bewusst so gehalten, denn nur so können die Passagiere die atemberaubende Natur wirklich in sich aufnehmen und genießen. Auf ausgezeichneten Service und Luxus musst Du an Bord dennoch nicht verzichten. Um selbst ein solches Schiff zu besteigen, reist Du zunächst ins schöne Bergen. Die Anreise in die ehemalige Hauptstadt Norwegens erfolgt über die Fähre von Hirtshals (Dänemark). Du kannst aber auch über Kiel nach Oslo übersetzen und anschließend der E16 bis nach Bergen folgen. Für hartgesonnene besteht natürlich die Möglichkeit, mit dem Auto oder Wohnmobil bis zum Nordkap zufahren. Am besten kombinierst Du dafür einfach mehrere Routen aus Deinem Reiseführer.

An Bord eines Schiffes der Hurtigrute

Hurtigrute bedeutet ins deute übersetzt ganz einfach „Schnellroute". Aber keine Angst, so schnell vergeht Deine spannende Seereise entlang der Westküste, in den hohen Norden nicht. Ein normaler Liniendienst braucht von Bergen nach Kirkenes zwar nur sieben Tage für die 4.600 Kilometer lange Strecke, aber inzwischen hat sich die Schiffslinie durchaus auf Pauschaltouristen eingestellt.

Die überwiegend von Touristen gebuchten Fahrten können mit Besichtigungen, Ausflügen und spannenden Landgängen gespickt sein, welche die Reise um mehrere Tage verlängert. Eigens engagierte Expeditionsteams kümmern sich um die Reisenden. Das Team begleitet die Gäste bei Landgängen und hält an Bord interessante Vorträge. Für die Landgänge solltest Du gut gerüstet sein, denn Du musst mit klirrender Kälte und zweistelligen Minusgraden rechnen. Zwei der vielen Höhepunkte auf Deiner Reise sind die Überquerung des Polarkreises und das Nordkap.

Jedes Schiff der Flotte ist ein wenig anders ausgestattet. Die Kabinen sind klein, aber in guter Gesellschaft durchaus gemütlich. Eine Sauna und ein Fitnessraum befinden sich in der Regel an Bord, aber für die Nutzung wirst Du vermutlich nur wenig Zeit haben. Die Verpflegung auf den Schiffen kann sich sehen lassen. Es gibt keine Buffets. Das abwechslungsreiche und vielseitige

Essen, bei dem auch Vegetarier berücksichtigt werden, wird sorgfältig serviert. Die delikaten Speisen werden stets aus Spezialitäten der jeweiligen Region zusammengestellt.

In ruhiger und stürmischer See

Die Dampfer der Hurtigrute fahren die meiste Zeit der Strecke im Schutz von Meerengen und Inseln. Sollte es auf hoher See doch mal stürmisch werden, verteilt die Crew Tabletten gegen Seekrankheit. Auch ein Sea-Band Armband gegen Seekrankheit kann hilfreich sein. „Stormy Weather Bags", zu Deutsch: Spuckbeutel, sind überall greifbar. Die Schiffe legen aller drei bis vier Stunden an einem der insgesamt 34 angefahrenen Häfen an. Die Häfen und Fjorde sind dank des Golfstroms auch im tiefsten Winter immer eisfrei.

Die Aufenthalte dauern bis auf einige Ausnahmen zwischen 10 und 45 Minuten. Das Löschen der Ladung und das Beobachten der Norweger bei ihrer Arbeit ist jedes Mal ein spannendes Ereignis. Schon der zweite Halt im Fischereizentrum Måløy bietet mit seiner 1,5 Kilometer langen Holzbrücke ein malerisches Motiv. Beim Zwischenstopp in Torvik werden größtenteils Fahrten zum Geiranger angeboten. Auch das hübsche Ålesund ist ebenso wie Trondheim, wo die Schiffe etwas länger halten, einen Landgang wert. Noch befindest Du Dich im südlichen Teil der Route. Das Wetter ist vergleichsweise mild.

➤ Aussicht auf die Stadt Ålesund vom Berg Aksla

Die Schiffspassage bleibt spannend. Über offene See geht es nach Rørvik mit seinen bunten Häusern und weiter zur charmanten Kleinstadt Brønnøysund. Auch das unvergleichlich schöne Sandnessjøen mit dem berühmten Gebirgsmassiv Sieben Schwestern kannst Du bewundern. Wenig später wird der Polarkreis überquert und Du befindest Dich in der Arktis. In Bodø findet für Interessierte meist die Besteigung des 366 Meter hohen Keiservarden statt. Dann wanderst Du schon bei zweistelligen Minusgraden durch hohen Schnee. Du kannst Dich am Lagerfeuer aufwärmen und Stockbrot backen. Ausflüge zum Saltstraumen, dem stärksten Gezeitenstrom der Welt, werden ebenfalls manchmal angeboten.

Nun erfolgt schon bald die Anfahrt der Lofoten und von Tromsø, der größten Stadt im Norden. Dann kommt Hammerfest, die global nördlichste Stadt mit ihrer beeindruckenden Hafeneinfahrt. Nun ist auch das Nordkap nicht mehr weit. Ein Ausflug dorthin ist obligatorisch. Der Endpunkt der Süd-Nord-Passage ist das verschlafene Kirkenes. Du kannst den Aufenthalt für eine kurze Verschnaufpause nutzen, denn die Rückfahrt ist nicht weniger aufregend. Da die Seereise bis auf die Unterbrechungen am Tage und in der Nacht stattfindet, siehst Du nun auf

▼ Die Stadt Trondheim im Winter mit Ausblick auf den Trondheimfjord

der Rückreise viele Orte bei Helligkeit, die auf der Hinreise im Dunklen lagen. Auch die Fahrten in der Dunkelheit haben einen besonderen Reiz. Denn alle Häuser an der Küste und im Landesinneren sind weithin sichtbar mit Laternen erleuchtet.

▼ Tromsø im Winter

Der Frühling in Norwegen

Vår

Das Frühlingswetter in Norwegen

Nach den vielerorts kalten Wintern wird das Frühjahr in Norwegen sehnsüchtig erwartet. Aber Vorsicht, der Frühling hält in vielen Regionen des großen Landes sehr verhalten Einzug und gerade im zeitigen Frühjahr muss noch mit Frost und Schnee gerechnet werden. Böden und Wanderwege können bis in den Mai hinein gefroren sein. Das solltest Du wissen, vor allem, falls Du in Norwegen Dein Zelt aufschlagen möchtest. Im Süden und Südwesten liegen die durchschnittlichen Tagestemperaturen bei etwa 15 Grad Celsius. Im Landesinneren und im Nordosten sind die Winter lang und kalt. Sie gehen dort recht abrupt in einen warmen, aber kurzen Sommer über.

DER KLASSIKER:

Hinauf auf den Preikestolen

Der Boknafjord mit seinen größeren Seitenarmen mündet zwischen der Insel Karmøy im Norden und der Stadt Stavanger im Süden in die Nordsee. Er liegt damit in der milderen Region Norwegens im Südwesten des Landes und kann gut von Oslo aus erreicht werden. Der Boknafjord ist rund hundert Kilometer lang und weit verzweigt. Er ist der größte Fjord der Fylke Rogaland. Sein Inneres mit den größeren Inseln Finnøy, Ombo, Rennesøy und Vestre Bokn sowie weiteren kleineren Inseln gehört zur Landschaft Ryfylke. Die Arme des Lysefjords und des Høgsfjords reichen nach Südosten und Süden ins Landesinnere. Das größte Highlight ist der Preikestolen am Lysefjord. Der gigantische, steile, 600 Meter hohe „Predigtstuhl" kann mit dem Bus oder Auto erreicht, erwandert oder vom Schiff aus bewundert werden. Doch fangen wir zunächst beim Lysefjord an, ehe wir uns der Attraktion noch einmal näher widmen.

▼ Der Preikestolen ragt 604 m über dem Lysefjord

Lysefjord – Anreise und Unterkünfte

Auf dem Weg zum Lysefjord und den Orten Forsand und Oanes fährst Du über die E 39 durch Stavanger. Du kannst auch ca. 2 km vor Fiske auf die 450 abbiegen und ostwärts nach Lauvvik fahren. Von dort fährt eine Autofähre nach Oanes. Von Oanes gelangst Du über die 640 Meter lange Lysefjordbrua nach Forsand. Übernachten kannst Du im Lysefjord Hyttegrend oder auf dem Campingplatz, der ebenfalls Hütten und Appartments vermietet.

▲ Der kleine Ort Forsand

Stavanger und die Landschaftroute Jæren

Die Stadt und gleichnamige Kommune zählt an die 150.000 Einwohner. Sie ist Verwaltungssitz des Fylkes Rogaland und war im Jahr 2008 Kulturhauptstadt Europas. Sie ist bekannt für ihre Straßenkunst, ihre Museen und Kultur, ihre Kulinarik und die vielen vorgelagerten Inseln. Sehenswert ist die große Holzhaussiedlung in Gamle Stavanger mit der ehemaligen Konservenfabrik, die heute ein Konservenmuseum ist.

▲ Alte traditionelle Holzhäuser in Stavanger

▼ Der Hafen von Stavanger

Stavanger bietet sich als Ausgangspunkt für Reisen ins umliegende Fjordland an. Landschaftlich hat die Region einiges zu bieten, etwa den 92 Meter hohen Wasserfall Månafossen in einem Seitental am Ende des Frafjords oder die Küste der Jæren-Ebene, die im Osten vom Lysefjord begrenzt wird. Die Ebene ist die Kornkammer des Fjordlandes. Hier wird Gemüse angebaut und Vieh gezüchtet. Eine Besonderheit des Küstensaums ist der Orrestranden knapp zehn Kilometer südlich der Orte Bryne und Orre. Für viele gilt er als der schönste Strand Norwegens. Im Frühjahr wird es zum Baden noch zu kalt sein. Aber es lohnen sich kilometerlange Strandspaziergänge am Orrestranden, der ein wenig an südliche Gestade erinnert. Die Landschaftroute Jæren führt sogar noch weiter in den Süden bis nach Flekkerfjord. Sie erstreckt sich über insgesamt 130 Kilometer und führt über normale Transportwege durch die alte Kultur- und Küstenlandschaft mit ihren vielen Leuchttürmen, Rastplätzen und Aussichtspunkten.

▼ Der Wasserfall Månafossen in der Provinz Rogaland

Der Lysefjord hinterlässt tiefe Eindrücke

Der grün schimmernde Lysefjord ist 42 Kilometer lang, an der tiefsten Stelle 500 Meter tief und von bis zu 900 Meter hohen Felswänden umgeben. Er zeichnet sich durch ursprüngliche Natur, einsame Höhen und schwer zugängliche Ufer aus. Lysefjord bedeutet „heller Fjord". Der Name geht auf die blank gescheuerten Felsen zurück, die das Gewässer umgeben. Die Orte Forsand und Oanes am Eingang des Fjordes sowie Lysebotn am Fjordende sind die einzigen menschlichen Ansiedlungen in dieser sonst weitgehend unberührten Natur. Viele Besucher, die den Preikestolen sehen wollen, fahren dann gleich weiter zu anderen Zielen. Dabei lohnt es sich, die Gegend und die grandiose Natur zu Füßen der berühmten Felskanzel genauer zu erkunden.

▼ Der Ausblick vom Preikestolen auf den Lysefjord

Ein Blick in die Vergangenheit und viele Blicke in die Landschaft

Sehr sehenswert nahe Forsand ist, das erste, in Norwegen freigelegte prähistorische Dorf. Es datiert in die lange Zeitspanne zwischen 1.500 vor Christus und 600 nach Christus. Das Dorf umfasst die Überreste von 250 Häusern, die seit 1990 mühevoll restauriert werden. An der vorgeschichtlichen Stätte gibt es Tiergehege und Szenen aus dem Wikingerleben sind nachgestellt. Interessante Informationen über die Region erhältst Du ganz in der Nähe im Lysefjordsenteret. Das Fjord-Info-Center liegt auf einer Landzuge bei Oanes.

Eine Fahrt mit der Autofähre nach Lysebotn am Fjordende solltest Du nicht verpassen. Von Lysebotn aus kannst Du die Kjerag-Felsen besteigen, die wenigstens genauso spektakulär sind wie der Preikestolen. Auch eine Weiterfahrt auf der Serpentinenstraße Lysefjordveien ins Sirdal und ins Setesdal sind empfehlenswert.

Das Sirdal eignet sich zum Klettern und bietet einzigartige Naturerlebnisse, wie das Beobachten von Rentieren. Bei der Sirdal Huskyfarm kannst Du bei einer Husky Schlitten Tour die Gegend erkunden. Im Setesdal findest Du idyllische Dörfer mit strohgedeckten Häusern und gelebtes Brauchtum. Nach jeder Kurve auf der Hauptverkehrsstraße im Tal des Flusses Otra, der RV 9, wirst Du von wunderschönen Ausblicken überrascht.

▾ Ein Rentiere wirst du in Norwegen häufiger antreffen

Die berühmte Felskanzel Preikestolen

Der Aufstieg auf den bizarren Felsen gehört zu den beliebtesten Bergtouren Norwegens. Die Wanderung beginnst Du an der Berghütte Preikestolen Fjellstue. Die Tour dauert etwa vier Stunden. Sie erstreckt sich über acht Kilometer. 500 Höhenmeter müssen auf teilweise steilen Etappen überwunden werden. Gute Kondition und Trittsicherheit sind gefragt. Ab April werden auch geführte Wanderungen zur Felskanzel angeboten. Eine Teilnahme kann sich lohnen, denn Du bekommst einige Insider-Informationen. Auch kombinierte Wanderungen und Kreuzfahrten auf dem Fjord sind möglich, um das Naturwunder aus allen Perspektiven zu bestaunen. Die Hauptsaison am Preikestolen beginnt im Mai. Doch wenngleich Du den Felsen früher besteigst, wirst Du ihn nicht für Dich allein haben. Die besten Chancen auf eine menschenleere Felskanzel hast Du, wenn Du die Wanderung in der Nacht beginnst. Dann kannst Du am Morgen einen einzigartigen Sonnenaufgang über dem Lysefjord erleben.

▼ Die Felsplattform Preikestolen und der Lysefjord

STÄDTETRIP:

Auf nach Trondheim

Für unsere Städtereise im Frühjahr haben wir Trondheim ausgewählt. Seit mehr als tausend Jahren überragt der Nidaros-Dom die alte Stadt, die sich selbst die historische Hauptstadt Norwegens nennt. Damit bekommt Oslo nicht nur von Bergen Konkurrenz. Trondheim wirkt aufgrund seiner Lage wie der natürliche Mittelpunkt Norwegens und gilt als Tor zum Norden. Bis heute gibt es in der alten Königsstadt kein höheres Bauwerk als den Dom. Die Stadt war einst der berühmteste Wallfahrtsort des Nordens, das älteste Bistum Norwegens und das größte Pilgerzentrum des Mittelalters. Von Trondheim aus wurde die Christianisierung in weitere Teile Norwegens getragen.

▼ Die Stadt Trondheim mit Blick auf die Altstadt

Trondheim wurde im Jahr 997 vom Wikingerkönig Olav Tryggvason unter dem Namen Nidaros gegründet, welcher bis ins 16. Jahrhundert beibehalten wurde. Mit rund 215.000 Einwohnern ist Trondheim heute Norwegens drittgrößte Stadt und Kommune nach Oslo und Bergen. Etwa 30.000 der Bewohner sind Studenten der Technischen Universität. Trondheim ist also nicht nur eine altehrwürdige, sondern auch eine junge und ganz lebendige Stadt.

Trondheim – Anreise und Unterkünfte

Trondheim verfügt über einen eigenen Flughafen und ist sowohl mit dem Flugzeug als auch mit der Bahn und dem Europastraßennetz an viele inländische und internationale Verbindungen angeschlossen. Direktflüge aus Deutschland erfolgen von Berlin, Hamburg, München, Stuttgart und Hannover. Trondheim ist außerdem eine Anlegestelle der Schiffe der Hurtigrute. Das Klima in der Stadt ist im Verhältnis zum Rest Mittelnorwegens mild, feucht und recht unbeständig. Die mittleren Tagestemperaturen betragen von März bis Mai zwischen 4 und 15 Grad. Nächtliche Minusgrade gibt es meist nur noch im März.

▼ Häuserreihe der Trondheimer Altstadt am Fluss Nidelva

In der Stadt findest Du zahlreiche Übernachtungsmöglichkeiten für unterschiedliche Ansprüche. Du hast die Wahl: von einfachen Jugendherbergen über Pensionen mit Bed & Breakfast hin zu luxuriösen Hotels findest Du sicher etwas. Camping ist in der näheren Umgebung ebenfalls möglich, etwa bei Øysand Camping im 20 Kilometer entfernten Sandmoen oder im 17 Kilometer vom Zentrum entfernten Storsand Gard.

Königsstadt Trondheim

Der mittelalterliche Kern der Stadt liegt dort, wo der Fluss Nidelva vor seiner Mündung in den 130 Kilometer langen Trondheimsfjord einen Bogen beschreibt und die Halbinsel Øya bildet. Hier konzentrieren sich rund um den Dom und den Marktplatz Hotels, Restaurants und Einkaufsmöglichkeiten. Im Osten außerhalb des Zentrums befindet sich die Festung Kristiansten und südlich der Festung die Naturwissenschaftliche Universität. Wie alle norwegischen Städte ist Trondheim recht kompakt und lässt sich gut zu Fuß erkunden. Busse wirst Du kaum brauchen und die Straßenbahn, eine Reminiszenz an die Vergangenheit, fährt nur im Sommer zwischen der Altstadt zur Bymarka, dem Trondheimer Naherholungsgebiet.

▼ Die Festung Kristiansten außerhalb des Stadtzentrums

Sehenswürdigkeiten im Zentrum

Die wohl berühmteste Sehenswürdigkeit Trondheims ist der Nidaros-Dom. Er ist das Nationalheiligtum des Landes, das Wahrzeichen Trondheims, das bekannteste mittelalterliche Bauwerk des Nordens und die größte Kirche Skandinaviens. In der Verfassung ist verankert, dass die norwegischen Könige hier gekrönt werden. Die einzigartige Kathedrale musst Du gesehen haben. Am besten lässt sich die majestätische Aura des Hauses bei einem Gottesdienst erfahren. Gottesdienste finden täglich um 17.45 Uhr und sonntags um 11 Uhr statt.

Mit dem Bau des Doms wurde im Jahr 1070 begonnen. Zu den ältesten Bauteilen im romanischen Stil gehören die Sakristei und die Querschiffe. Der Zentralturm und das Langschiff wurden etwa einhundert Jahre später im Stil der Gotik ergänzt. Brände zerstörten das Gebäude immer wieder in Teilen. 1869 wurde es grundlegend restauriert und 1930 zur 900-Jahr-Feier der Schlacht von Stiklestad erneut geweiht. Alle Erzbischöfe Norwegens und neun Könige fanden im Dom ihre letzte Ruhestätte. Für die Besteigung des Turmes musst Du Eintrittsgeld bezahlen. Die Investition lohnt sich allein wegen des Ausblicks über die Stadt.

◄ Der Nidaros-Dom das Wahrzeichen Trondheims

Weitere Sehenswürdigkeiten im Zentrum Trondheims sind der Sitz des Erzbischofs (Erkebispegården) aus dem 12. Jahrhundert, und der Stiftsgården, ein 1787 errichtetes Palais. Das größte Holzhaus Norwegens dient als königliche Residenz in Trondheim. Im historischen Zentrum konzentrieren sich auch zahlreiche sehenswerte Museen, wie die Gemäldesammlung, das Kunstgewerbemuseum, das Schifffahrtmuseum, das kultur- und naturhistorische Museum, das Straßenbahnmuseum, das Telefonmuseum und das Erlebnismuseum im bemerkenswerten Gebäude der alten Norges Bank.

▼ Palais Stiftsgården – die offizielle königliche Residenz

Unbedingt empfehlenswert ist ein ausgedehnter Bummel durch die alte Speicherstadt. In der Speicherstadt befindet sich am östlichen Kanalufer die aus Holzhäusern bestehende ehemalige Arbeitersiedlung Bakklandet. Das Viertel ist heute das Herzstück von Trondheim mit vielen Restaurants, Bars, Cafés und originellen

Läden. Die Bybrua, die alte, 1861 errichtete Stadtbrücke, verbindet die Speicherstadt mit dem Kulturkvartalet mit zahlreichen Kultureinrichtungen und Szenekneipen. Trondheim ist die Stadt mit der am schnellsten wachsenden Kulturszene Norwegens. Der erste Fahrradlift der Welt, der in Trondheim entwickelt und 1998 eröffnet wurde, ist ebenfalls in der Speicherstadt zu bestaunen.

▾ Bybrua – die Altstadt Brücke in Trondheim

Sehenswürdigkeiten außerhalb Trondheim

Die Festung Kristiansten sollte ebenfalls auf Deinem Programm stehen, allein wegen des schönen Blicks über die Stadt und den Fluss. In direkter Nachbarschaft befindet sich Tyholttarnet, der Fernsehturm. Vom Drehturmrestaurant in einer Höhe von 74 Metern hast Du eine noch bessere Aussicht auf die Stadt und ihre Umgebung.

⮝ Die Festung Kristiansten oberhalb des Flusses Nidelva

Auch außerhalb des Zentrums gibt es spannende Stadtviertel zu entdecken. Die kleine Insel Munkholmen solltest Du unbedingt besuchen. Sie liegt zwei Kilometer nördlich des Zentrums und ist mit einer Fähre zu erreichen. Die ehemals von Mönchen bewohnte Insel mit ihrer spannenden Geschichte ist ein beliebtes Ausflugsziel für Trondheimer und wird im Sommer als Badeinsel genutzt.

Sehenswert außerhalb des Zentrums ist auch das Freilichtmuseum mit 60 historischen Gebäuden und der nördlichsten Stabkirche des Landes. Die Burgruine Sion von König Sverre aus dem Jahr 1182 ist hier ebenfalls zu entdecken. Ein guter Grund für den Besuch des Sverreborgs Trøndelag Folkemuseums ist der Gasthof Tavern. Wie zu seiner Errichtung 1739 werden hier auf originelle Weise noch immer traditionelle Gerichte serviert.

Ein Kleinod für Musikfreunde ist das Ringve-Museum im Stadtteil Lade, das in einem Gutshof aus dem 18. Jahrhundert eine historische Musikinstrumentensammlung beherbergt. Zum hübschen Ensemble gehört auch der nördlichste botanische Garten im Freigelände und eine Cafeteria. 15 Kilometer südöstlich ist zudem noch der erlebnisreiche Tierpark Kläbu Dyrepark zu entdecken.

Ausflüge ins Umland

Lohnende Ausflugsziele in der Umgebung Trondheims sind die Halbinsel Fosen und Burg Austrått, eines der ältesten Herrenhäuser Norwegens, und das Naherholungsgebiet Bymarka westlich der Stadt. In dem 20 Quadratkilometer großen Waldgebiet am Fuße des Hügels Gråkallen kannst Du zahlreichen Sport- und Freizeitaktivitäten nachgehen oder einfach nur entspannen und großartige Aussichten genießen.

▼ In Trondheim gibt es viele Outdoor-Aktivitäten

GEHEIMTIPP:

Vogelbeobachtung auf Varanger

Für unsere nächste Frühjahrsreise nach Norwegen begeben wir uns in den hohen Norden zum Varangerfjord und der Varanger-Halbinsel. Nördlich des Polarkreises setzt der Frühling spät ein. Wir raten deshalb zu einer Reisezeit zwischen Mitte und Ende Mai. Im nördlichen Küstengebiet können die Temperaturen aufgrund des Golfstroms jetzt schon recht angenehm sein. Dass die Natur nun endlich aus dem Winterschlaf erwacht, zeigt sich nicht zuletzt an der Vogelwelt.

▼ Rentierherde im Land der Samen

Varanger ist ein größeres Gebiet im äußersten Nordosten Norwegens in der Finnmark, dem Kernland der Samen. Neben zahlreichen Wasservögeln wirst Du daher auf Deiner Reise mit Sicherheit Rentieren begegnen. Die Varanger-Halbinsel wird vom Varangerfjord und vom Tanafjord flankiert. Auf der Halbinsel selbst gibt es eine Reihe weiterer Fjorde, etwa der silbern glänzende Porsanger-Fjord und der Laksefjord. Zum Varangerhalvøya-Nationalpark gehört ein Teil der Halbinsel. Die Hauptstadt der gesamten Provinz Finnmark ist das abgeschiedene Vadsø mit knapp 6000 Einwohnern. Neben kleinen Siedlungen und Fischerdörfern gibt es auf der Halbinsel die etwas größeren Orte Berlevåg, Vardø, die östlichste Stadt Norwegens, und Kirkenes als nördlichster Wendepunkt der Schiffe der Hurtigrute.

Varanger – Anreise und Unterkunft

Auf die Halbinsel – Varanger gelangst Du vom schwedischen Malmø oder der norwegischen Hauptstadt Oslo aus zunächst auf der Europastraße 6. Da Dein Ziel Varanger ist, musst Du bei Lakselv auf die Eismeer-Straße abbiegen. Dabei handelt es sich um die gut ausgebaute E 75. Bei einer langen Anreise mit dem Auto sollte der Weg schon zum Ziel gehören, um einen entspannten Urlaub zu erleben. Alternativ kannst Du nach Tromsø oder Kirkenes fliegen und Dir ein Auto mieten. Vier Kilometer südlich von Vardø befindet sich zudem ein kleiner Flughafen, der mehrmals täglich auf der Strecke Tromsø-Kirkenes angeflogen wird.

▼ Entlang der Landschaftsroute Varanger am Barentssee

Hotels, Apartments, Hütten zur Miete und Campingmöglichkeiten mit Stellplätzen für Wohnmobile sowie Einkaufsmöglichkeiten und Supermärkte findest Du vorrangig in den Orten Vadsø, Vardø und Kirkenes. Die Stadt Vadsø lebt überwiegend vom Fischfang. Ihre heutige Größe erlangte sie erst durch den Zuzug finnischer Siedler vor etwa 150 Jahren. Vadsø ist nicht besonders spektakulär. Interessant ist der Luftskipsmasta. Der Ankermast diente in den Jahren 1926 und 1928 zur Vertäuung der Luftschiffe Norge und Italia, ehe sie Roald Amundsen und Umberto Nobile zum Nordpol trugen.

Das 76 Kilometer weiter nördlich gelegene Vardø ist der einzige Ort Norwegens in der arktischen Klimazone. Der Name Vardø geht auf das norwegische Wort varde zurück und bedeutet ganz einfach Festung. In den alten Festungsmauern wächst der einzige Baum der Stadt, ein Vogelbeerbaum, der jeden Winter sorgfältig verpackt wird. Die Festung (Vardøhus festning) wurde im Jahr 1738 auf den Ruinen zweier Burgen errichtet und diente zum Schutz gegen russische Räuber. Zudem ist sie die nördlichste Festung Norwegens.

Die Varanger-Halbinsel (Varangerhalvøya)

Die Varanger-Halbinsel ist im Inneren fast unbesiedelt. Sie hat breite, sandige Strände mit Terrassen. Die Sprache und Kultur auf der Varanger-Halbinsel ist bis heute von den Kvenen, wie die Finnen in Norwegen genannt werden, geprägt. Das Børselvfjell ist jedoch Gebiet der Samen. Dort haben die Karasjok-Samen seit Menschengedenken ihre Sommerweiden. Eine Reihe an Opferstätten erinnern an die Zeit, als ihnen das Land auf der Halbinsel noch allein gehörte.

Varanger gehört zu den besten Vogelbeobachtungsgebieten weltweit. In Domen, Ekkerøya, Hornøya, Kiberg, Vadsø, Vestre Jakobselv sowie auf den Landzungen Hamningberg und Steilnesodden wurden extra Vogelbeobachtungshütten errichtet. Die kleinen architektonischen Highlights inmitten karger Landschaft und weiter, offener Wildnis bieten Schutz vor Wind und Wetter.

Ein Paradies für Vögel und Vogelbeobachter

Für Vogelbeobachter und Hobbyfotografen bieten sich auf der Varanger-Halbinsel traumhafte Motive. Du kannst hier in der spektakulären Landschaft der arktischen Welt gerade im Frühjahr eine unglaubliche Vielfalt an verschiedenen Vogelarten erleben. An den Klippen und felsigen Küsten der Barentsee und in der Tundra auf der Halbinsel mit ihren Birkenwäldern und Sümpfen finden zahlreiche Brutvögel dank des warmen Golfstroms ergiebige Futterplätze. Attraktionen sind neben den bereits genannten Orten mit Beobachtungshäuschen die Vogelfelsen in der Umgebung von Vardø. Der nur einen Kilometer entfernte Skarvskiten ist gut zu Fuß erreichbar. Die 190 Meter hohen Syltefjordstauren sind nur mit einem Boot zu erreichen.

Auf kleinstem Raum kannst Du Tausende Dreizehenmöwen, Eis- und Polarmöwen, Eiderenten, die niedlichen und farbenfrohen Papageientaucher, Trottellummen, Krähenscharben und Tordalke beobachten und kennenlernen. Mit etwas Glück entdeckst Du bei Deinen Touren über die Halbinsel auch Seeadler am Horizont oder kannst die seltenen Schreckenten beobachten, die sich immer wieder im Süden von Varanger und im Hafen von Vadsø zeigen. Sollte die Welt der Vögel für Dich noch etwas Unbekanntes sein, kannst Du an geführten Vogelbeobachtungen teilnehmen.

◂ Der Papageientaucher – auch „Clown der Lüfte“

▲ Prachteiderente Männchen erkennst Du einfach an ihrem Federkleid

Der Varangerfjord

Der Varangerfjord ist der nördlichste und flächenmäßig der größte Fjord Norwegens. An seinen Ufern in der Nähe von Varangerbotn in Karlebotn wurden erstaunliche Funde aus der Steinzeit gemacht. Das Alter der Siedlungsreste liegt bei 6000 vor Christus. Der Varangerfjord ist 90 Kilometer lang. Seine 55 Kilometer breite Mündung mündet in die Barentsee.

▼ Der Varangerfjord zwischen Vadsø und Kirkenes

▲ Der Hafen von Vardø im Frühjahr

Vardø

Die Stadt Vardø mit ihren rund 2000 Einwohnern ist über 230 Jahre alt. Archäologische Funde deuten jedoch darauf hin, dass die Gegend schon in prähistorischer Zeit vor 5000 bis 6000 Jahren besiedelt war. Vardø wurde als Zentrum des Handels mit den Pomoren gegründet. Das Pomormuseet erinnert ebenso daran wie das 40 Kilometer entfernt liegende Hamningberg, ein verlassenes Fischerdorf aus der Zeit des Pomoren-Handels. Heute ist dieser Ort eine Feriensiedlung. Als Erinnerung an die hier stattgefundenen Hexenverbrennungen haben die französisch-amerikanische Bildhauerin Louise Bourgeois und der Schweizer Architekten Peter Zumthor in der Stadt ein Hexenmahnmal errichtet. Auch ein Museum gibt über die dunklen Ereignisse Auskunft.

Kirkenes

Kirkenes schließlich ist der größte Ort in der Finnmark, am Rande Europas aber fast vergessen. Als Urlaubsort ist Kirkenes durchaus zu empfehlen. Eine Attraktion ist unter anderem das Kirkenes Snowhotel im Gabba Rentier-Safaripark mit Schneesuiten komplett aus Eis. Die in mystisches Licht getauchten Suiten des vollkommen aus Eis errichteten Hotels sind luxuriös ausgestattet. Der Service mit Frühstück, 3-Gänge-Menü und Sauna ist sehr zu empfehlen.

NATUR PUR:

Natur pur am Sognefjord im Frühling

Für die letzte Reise nach Norwegen im Frühling und ein Naturerlebnis der besonderen Art haben wir den mächtigen Sognefjord als Reiseziel ausgesucht. Der Sognefjord liegt in der Fylke Vestland. Er ist mit einer Länge von 205 Kilometern und einer tiefsten Tiefe von über 1.300 Meter zugleich der längste und der tiefste Fjord Europas. An seiner Mündung in die Nordsee ist er sieben Kilometer breit. Er verästelt sich in viele Seitenarme, zu denen der Aurlandsfjord, der Lustrafjord und der Nærøyfjord, Europas schmalster Fjord gehört. Aufgrund seiner unberührten Landschaft wurde der Nærøyfjord zum UNESCO-Weltkulturerbe erklärt.

▼ „König der Fjorde“ – der Sognefjord

▲ Der Nærøyfjord gehört zum UNESCO-Weltkulturerbe

Für viele Norweger und Norwegenliebhaber ist der Sognefjord der König unter Norwegens Fjorden. Das westliche Ende des Fjords liegt etwa 80 Kilometer nördlich von Bergen. Auf milde Temperaturen darfst Du Dich in der Region im Frühjahr freuen. Allerdings kann es erhebliche Unterschiede zwischen dem Seeklima an der Mündung und dem kontinentalen Klima im Inneren des Fjords geben, wo er sich bis zu den gewaltigen Bergen des Jotunheimen Nationalparks und den Eisflächen des Jostedalsbreen Nationalparks erstreckt. In den Fjord fließt aufgrund einer natürlichen Felsenschwelle ausschließlich warmes Wasser des Golfstroms. Deshalb ist das Klima insgesamt mild und vor allem am Nordufer für den Obstanbau geeignet. Die Obstbäume werden Dich im Frühling mit ihrer üppigen Blüte erfreuen, die in einem aparten Kontrast zu den noch schneebedeckten Bergen im Hintergrund stehen.

Der Sognefjord – Anreise und Unterkünfte

Die Anreise kann ganz einfach mit dem Auto oder bequem mit dem Zug von Oslo aus erfolgen. Das touristisch interessante Gebiet am Sognefjord beginnt bei den Orten Vangsnes, Balestrand und Dragsvik/Hella am Zusammenfluss der großen

Seitenfjorde. Die drei Ortschaften sind durch eine Fähre miteinander verbunden. Reist Du von Bergen über die E 16 und die E 13 an, wirst Du beim Durchqueren der E 13 das Vikafjell mit seinen Wasserfällen und Schneefeldern, die selbst im Sommer kaum schmelzen. Einen Kilometer von Vik entfernt, lohnt sich die Besichtigung der romantisch auf einem Hügel gelegenen Stabkirche Hopperstad aus dem Jahr 1130. Die am First befindlichen Drachenköpfe sollten einst die Wikinger vertreiben.

▾ Die Stabkirche Hopperstad in Vik

Vik selbst ist ein malerischer, an einem natürlichen, inzwischen verwaisten Hafen gelegener Ort, der sich zum Übernachten anbietet. Hier befinden sich zwei Sägemühlen, eine große Käserei, das Kristianhus Bootsmuseum und die 1170 errichtete Steinkirche von Hove. Es gibt zudem ein Turistkontor, ein Hotel und einen einfachen Campingplatz.

Vielleicht fährst Du aber auch weiter nach Vangsnes oder Balestrand. In Vangsnes steht die 12 Meter hohe Fritjov-Statue des Bildhauers Max Unger, die dem Helden der Island-Saga, Fridtjov Torsteinsson, gewidmet ist. Sie gilt als Wahrzeichen des Sognefjordgebiets und ist, wenn Du mit der Fähre kommst, schon von weiten zu sehen. Vom Park, in dem die Statue steht, hast Du eine wunderbare Aussicht auf drei verschiedene Fjordabschnitte. Im Ort finden sich eher einfache Unterkünfte wie Hütten und ein Campingplatz mit Stellplätzen für Wohnmobile.

Noble Unterkünfte finden sich auf der anderen Fjordseite im Ferienort Balestrand. Neben attraktiven Hotels gibt es dort aber auch eine Jugendherberge, einen Zeltplatz und einfachere Unterkünfte. Balestrand ist auf den ersten Blick ein eindrucksvoller Ort. Dessen Name „Eisenhügel am Strand" bedeutet. Auch soll einer Sage zufolge ein König Bale hier begraben sein. Die Geschichte von Balestrand ist allerdings nicht so alt. Vor über hundert Jahren machte er sich als nobler Ferienort einen Namen, an dem sich der deutsche Kaiser Wilhelm und wohlhabende Briten erholten. Prägend für den Ort war und ist das Kvikne's Hotel. Die englische Gattin des Besitzers ließ 1897 die St. Olav's Church im Stil einer Stabkirche errichten. Am Hang von Balestrand finden sich heute noch herrschaftliche Villen aus Holz und Stein in ganz verschiedenen Baustilen. Besonders während der Obstbaumblüte ist Balestrand noch immer ein Traum.

▼ Das Kviknes Hotel am Ufer in Balestrand aus dem 18. Jahrhundert

Den Sognefjord entdecken

Neben Urlaubsaktivitäten, wie Wandern, Klettern und Radfahren, bietet sich der Sognefjord auch für eine Erkundung auf dem Wasser an. Du kannst ein Kajak mieten oder nahezu geräuschlos in einem Elektroboot eine Fjordsafari unternehmen. In einer Landschaft wie gemalt, erwarten Dich viele spannende Dinge und einzigartige Naturerlebnisse. Der hübsche Ort Lærdal bietet sich ebenfalls als Urlaubsziel an, zumal sich in seiner Nähe die am besten erhaltene Stabkirche Borgund befindet. Im kleinen Ort Ornes am Lusterfjord steht zudem ein weiteres UNESCO-Weltkulturerbe: die Stabkirche Urnes.

▼ Die Stabkirche Borgund – erbaut 1180 n. Chr.

▲ Abenteuerlustige kommen beim Klettern auf ihre Kosten

▲ Das Dorf Lærdal im Herzen des Sognefjords

Wandern, Radfahren und die Natur genießen an einem der längsten Fjorde der Welt

Für den Sognefjord solltest Du Dir viel Zeit nehmen, denn es gibt allerhand zu entdecken und die einzigartige Landschaft musst Du einfach genießen. Der Fjord dominiert weit über seine Ufer hinaus die Landschaft und Provinz, die deshalb seinen Namen trägt: Sogn og Fjordane. Der Sognefjord wirkt an manchen Tagen alles andere als norwegisch. Das spiegelglatte, blaue Wasser unter der Sonne könnte dann auch zu einem italienischen See gehören. Je weiter Du ins Landesinnere vordringst, umso typischer zeigt sich der Fjord mit seinen vielen Verästelungen dann doch. Der Geburtshelfer des Fjords ist gut zu erkennen. Dabei handelt es sich um den nördlich des Fjords liegenden Jostedalsbreen, den mit 550 Quadratkilometern größten Gletscher Europas. Der Zugang zum Gletscher erfolgt über das Jostedal, in dem Du Dich eingehend über das Naturphänomen im Gletscherzentrum informieren kannst.

Der Sognefjord ist wie geschaffen zum Radfahren, aber auch zum Wandern durch idyllische Täler und auf spektakuläre Berge. Nicht zuletzt kannst Du hier die hiesige Kultur in hübschen Städten, kleinen Weilern, Bergdörfern und vereinzelten Bauernhöfen kennenlernen. Gastwirtschaften in teils historischen Häusern laden zum Rasten ein. Sie bieten ausgezeichnete lokale Speisen an, deren Geschmack mit der wunderschönen Landschaft zu verschmelzen scheint.

Dass die Menschen am Fjord früher ein anstrengendes Leben führten, ist für Besucher heute kaum noch zu spüren. Am ehesten zu erahnen ist es dort, wo sich schmale und kurvige Straßen an den Fjordufern und in den Bergen entlangschlängeln. Neben der Landwirtschaft und dem Tourismus leben die Menschen hier von der Wasserkraft, die auch industriell genutzt wird. Der Obstanbau wird nicht so intensiv betrieben wie am Hardangerfjord, aber immer noch intensiv genug, um sich im Frühjahr an den Blüten der Apfel-, Birnen-, Aprikosen- und Pfirsichbäume zu erfreuen.

▼ Der Jostedalsbreen Gletscher der größte Festlandgletscher Europas

Dein Platz für Notizen

Du hast die Wahl zwischen 16 verschiedenen, atemberaubenden Routen. Die Entscheidung, welche du nimmst, kann dir keiner abnehmen. Sicherlich wird es dir jedoch helfen deine Reisenotizen aufzuschreiben. Schreibe sie doch gleich in deinen Reiseführer, dann hast du deine Notizen immer dabei und kannst notfalls schnell nachschauen.

Dein Platz für Erinnerungen

Vielleicht bist du bereits in Norwegen und erklimmtst den Preikestolen oder bestaunst das Jotunheimen Gebirge dann kannst du deine Erinnerungen an diese schönen Erlebnisse hier festhalten.

Dein Reiseführer, deine Reise, dein Norwegen!

Eine unvergessliche Reise wünscht: Ann Sønndag

Printed in Poland
by Amazon Fulfillment
Poland Sp. z o.o., Wrocław

56853080R00085